KB193464

비밀의 방

비밀의 방

＊

인쇄일·2024. 10. 15.
발행일·2024. 10. 20.

지은이 ｜ 고영효
펴낸이 ｜ 이형식
펴낸곳 ｜ 도서출판 문학관
등록일자 ｜ 1988. 1. 11
등록번호 ｜ 제10-184호
주소 ｜ 04089 서울시 마포구 토정로 214 1층
전화 ｜ (02)718-6810, (02)717-0840
팩스 ｜ (02)706-2225
E-mail ｜ mhkbook@hanmail.net

값·15,000원

ISBN 978-89-7077-665-1   03810

비밀의 방

고영효 수필집

문학관books

마음의 짐을 퇴직이라는 인생의 매듭에서 내려놓는 일은 시작되었습니다.

퇴직 후 바로 익숙한 곳을 떨쳐내고 이사를 단행했으니 자리 잡기까지 몸살을 앓았습니다. 일상의 낯선 나날들이 줄지어 기다리는 시간에 성당의 수필동호회와의 만남은 나를 설레게 했습니다.

평생 가슴앓이했던 사연만으로 덤벼든 글쓰기는 그리 넉넉하지 못했지만 그래도 사람 사는 세상을 새로운 각도에서 바라보는 글눈을 뜨게 했습니다.

한번 진득하게 매달려보는 재미로 세월을 엮었습니다.

보이지 않는 실바람이 살랑대며 나뭇잎을 흔들어 대듯이 소재를 찾고, 컴퓨터 앞에 앉아 자판을 두드리다 보니, 소중한 생각의 파편들이 책이 되었습니다.

문설주에 기대어 새로운 세상을 향해 떠나는 자식을 바라보는 어미 마음입니다.

취미와 특기가 너무나 평범해서 뒤늦게 시작한 수필쓰기는 자갈밭에서 곡식 기르기만큼 어려웠어요. 골라내고 북돋우다 보면 하늘이 비를 내리고 햇빛이 자양분을 만들어 저절로 되는 듯 보였습니다. 그런 글밭에서 추수로 알곡을 남겨 봅니다.

지나간 날들은 왜 그리 그리운지요. 아름다운 무지개가 되어 다시 떠오르는 사연들이 빛바래기 전에 다시 궁글리고 매만져서 황홀한 내일이 되도록 정진합니다. 기다리던 등단을 하고, 책을 출판하기까지 저절로 입가에 웃음이 번집니다. 느리고 서툴러도 달팽이처럼 수필가로 열심히 해보겠습니다.

곁에서 도움을 준 청담 수필동호인들과 함께 어울려 보낸 합평의 시간들 즐거웠습니다.
오정순 선생님의 토닥여 주신 가르침 감사합니다.
강원도 등산길에 이현원 님 부부를 만난 인연으로 수필동호인이 되고 10년이 물 흘러가듯 지나갔습니다. 모두모두 감사드립니다.
내게 응원을 보낸 가족들, 딸, 아들, 며느리, 손녀, 손자 모두 고맙고 사랑한다.

| 추천사 |

등단 1년 만에 수필집을 낸다는 소식은 분명 희소식이다.

마당에 떼를 깔고 기다리면 촘촘하게 순을 내어 어느새 푸른 잔디밭이 되듯 고영효의 글 세계는 맨땅이 보이지 않을 만큼 편수가 푸르게 넘칠 것이다.

10년이면 강산이 변하는데 나와 인연지어 10년이 다 되어간다. 천주교인으로서 성실하고 꾸준한 그녀의 성향은 변하지 않는다. 열과 성의를 다하여 살아가는 모습 또한 여전하다.

그녀는 글을 허투루 쓰고 쉽게 만족하지 않는다. 타인을 가르쳐본 교육자로서 충분히 그러리란 믿음이다.

글은 그 사람이라 하듯, 어지러운 세상을 반듯하게 하고 싶은 열망이 가득하고 몸소 실천하는 인생관을 가졌다. 그녀의 글 세계는 자신이 역사 안에서 솟은 봉우리 쳐내기를 한 글과 사회적 문제를 교육자적 안목으로 다루고 있다. 인연과 얽힌 이야기며 자신의 성찰로 이어지다가 자연스럽게 소재가 다른 면으로 이어질 것이다. 소재란 항상 널려있고 문제의식이 살아 있는 한 쓰고 싶음은 자명한 일이다.

다지고 또 다진 고영효의 글 세계로 들어가면 때로는 가슴이 찡하고 때로는 아직도 전통 의식에서 많이 벗어나지 않은 친근감을 느낄 수 있다. 하나의 목표를 정하면 쉽게 놓지도 않고 땀 흘려 달리지도 않는다. 진득하게 일상으로 삼기에 이제 글을 놓지 않으리란 믿음이 생긴다.

말년에 글쓰기가 충분히 벗이 되어 줄 것이다. 맛있는 시간으로 즐기게 될 것이며, 내면이 멋있게 변하다가 뜻있게 생을 마무리하는 데 소중한 매체가 된다는 것 해보지 않고는 모른다.

첫 수필집 발간을 축하하며 고영효의 글이 독자들에게 사랑 받고 많이 읽혀서 오랜 습작가의 보람으로 안기를 기원한다. 내내 건필을 빈다.

수필가 오정순

| 목차 |

제2장 일상日常 이락二樂

제3장 저축한 햇볕

제4장 찻집에 앉아서

제5장 기나긴 여정

제1장

비밀의 방

2024. 6. 민○

비밀의 방

한길

포장도로가 만들어져 승용차를 타고 다니기 너무 좋은 시절이다. 운전을 하고 가다 보면 네비게이션에도 없는 새로운 도로가 나타나기도 하고 공사 하는 도로가 많아 어리둥절할 때가 있다. 언제부터인가 골목길도 흙 밟을 기회가 사라지더니 산속 오솔길에 수입나무 데크가 자리하여 걷기 편리해졌다. 하지만, 어린 시절 오 리(2km)를 걸어서 등교하던 한길이 그리워진다. 한길은 넓은들 한가운데를 이등분하면서 논 사이로 새로 만든 신작로였다. 계절이 바뀔 때마다 뚜렷이 변화된 모습을 보여주지만, 가로수가 없어서 그늘 한 점이 없는 밋밋한 길이다. 논 한가운데로 난 길이기에 나무 그늘은 논농사에 피해를 준다고 나무 심을 여유를 부리지 못했다. 오리가 되는 길이 읍내에서 시작하여 마을 앞 느티나무가 있는 사장까지 훤히 내다보이는 한길은 그 시절의 나에게는 걷고 걸어도 멀고 먼 길이었다.

걸음걸이가 특이한 사람이 한길에 걸어오면 군청에 다녀오는 누구네 아버지인지, 오일장에서 물건을 잔뜩 사오는 누구네 어머니인지 멀리서도 금방 알아본다. 그래서, 사장나무에 올라가 놀던 아이들도 제 부모를 알아보고 물건을 받으러 마중을 나간다. 택시 한 대가 먼지를 일으키며 달려와도 모두 알았다. 어느 집에 손님이 택시를 타고 들어 왔는지 소문이 금세 마을로 돌아 다녔다.

한길은 곧게 나 있어도 곳곳에 각기 다른 개성이 숨어 있다.
청강수, 방천, 꼬부라진 한길에는 멋과 사람 냄새가 나는 길이다.
저지대로 움푹 들어간 청강수는 길바닥과 같은 높이의 큰 돌덩이가 길 폭 만큼 넓게 있었고 다리가 아니고 수로처럼 넓은 돌이 덮인 길이다. 수로에는 메기, 붕어가 들락거렸다. 고무신으로 미꾸라지를 잡기도 했다. 비 올 때는 청강수가 있는 곳에 물이 불어나 강물처럼 흐르고 내 작은 키를 훌쩍 넘긴다. 방천이 가까운 걸 보면 홍수는 예방이 될 수 있는데도 비 오는 날에는 '청강수'가 넘쳐흘러 며칠씩 어른들 등에 업혀 건너 다녔다.

방천은 기찻길처럼 두 개의 둑이 한길 위에 세로로 달려간다. 방천의 끝은 4km를 넘어서 '독실포'와 맞닿은 '탐진강'과 만난다. 평상시에는 '갱조개'를 캘 정도이다. 물이 없을 때 나란히 누운 둑에서 건너뛰는 놀이를 했다. 하굣길에 '깜밥'이나 '삘기'를 뽑으며, 겨울에 추운 바람을 막아주던 방천이다. 방천에 놓인 흙다리는 수난이 많았다. 선거철이면 차가 진입 못 하게 헐어서 판자를 걸쳐 놓아 덜컹거리고 걷다가 선거가 끝나면 윗부분만 시멘트로 다시 만들어지는 선거 다리였다.

방천을 지나면 한길은 곧게 나아간다.

소, 말 구루마가 지나간 자리에 똥도 크게 뒹굴고, 아이들이 풀을 묶어 둔 함정도 심심한 한길을 웃게 만들어 주었다. 풀이 길게 자란 가장자리로 걸으며 메뚜기, 방아깨비도 잡지만 큰 뱀도 있어서 놀라 소리 지르며 도망 다니기도 했다.

읍내 가까이 가면 긴 길의 끝이 살짝 꼬부라져 있다.

꼬부리진 곳의 진가는 땀 흘려 걸어 온 뒤를 돌아보기도 하고 옷매무새를 바로 하면서 새로운 세상과 만나게 되는 것이다.

포스터가 붙은 극장이 있고, 아이스케이크를 만드는 기계가 요란하게 돌아가는 신흥당, 진기한 물건이 쌓인 만물상, 자전거포, 철물점, 우체국, 군청, 초등학교….

같은 읍내이면서 오 리를 걸어 나온 읍내는 신천지였다.

한길을 걷는 것은 세상을 향한 출발선이다. 새로운 별천지를 향한 긴 여행의 시작점이다. 삶의 걸음마를 배우고 부푼 희망의 깃발을 만들던 한길이다.

그런 자양분이 밑거름이 되어 실버들처럼 바람에 흔들리면서도 부러지지 않고 생명력으로 살아냈다.

자갈투성이 한길이 혹독한 추위와 무더위를 견뎌야 하는 곳이었지만 추억이 되어 그리워진다. 해맑은 웃음이 번지는 단발머리 소녀, 하얀 교복 깃을 세우며 자전거의 딸랑거리는 소리가 간절히 기다려진다.

아침마다 한길에서 뒤돌아보고 또 돌아보면서 자전거 타고 오는 아버지를 기다린다. 학교에 가져갈 돈을 집에서는 주지 않아서, 항상 돈을 받으려면 한길에서 아버지를 기다린다. 한 번도 "돈 없어 다음에 가져가" 하지 않고 덤까지 챙겨 주셨지만 **왜?** 집이 아닌 출근하는 한길에서 돈을 주셨는지 알다가도 모르겠다.

이번 가을에는 덜컹거리는 아버지 자전거 뒷자리에 타고 바람결에 단발머리를 날리며 한길을 힘차게 마음껏 달려보고 싶다.

(2016년)

바지락 삶은 샘물

목이 말라 시원한 냉수 한 그릇이 먹고 싶은 계절이다.

가뭄으로 갈라진 논바닥과 허리띠처럼 가늘어진 강물을 TV에서 연일 보여주어서 더욱 갈증을 느낀다. 수도꼭지를 틀면 콸콸 쏟아지는 수돗물과 함께 살아 온지 수십 년이다. 도시에 사는 우리는 물이 언제까지 나올지 모르겠지만 가뭄을 실생활에서 찾기가 어렵다. 물이 흔하게 수도관을 통해 잘 나온다. 유명 메이커의 정수기를 싱크대에 모셔와 맑은 물, 좋은 물을 컵에 받아 꿀꺽 삼키면서 몸이 건강해지리라 믿으며 산다. 그런가 하면 페트병의 생수를 일상으로 받아들였다. 갈증, 저 밑바닥에 대나무 사립문을 열면 부족하지도 넘쳐흐르지도 않던 바가지 샘이 그리움으로 들어온다.

첫여름 노란 살구가 익어 떨어졌다. 수풀 속에서 찾아 주워 먹은 살구 탓을 하면서 배탈을 앓았다. 바지락 삶은 물처럼 뿌옇고 바닥이 어스름히 비치는 샘물을 한 바가지 퍼왔다. 금색 테두리가 둘러진 투박한 하얀 사기대접에 설탕을 듬뿍 넣어서 휘저어 준 약물이다. 어찌나 시원하고 달콤한지 배탈이 금방 사라졌다. 자세히 들여다보면 시멘트 노강의 끝머리에 바윗돌이 보이고 바닥은 굵은 모래가 깔려 물고기가 돌아다니는 바가지로 퍼 올리는 맑은 샘물이다. 어른 두 사람이 손을 잡아야 몸통을 가늠하던 귀목나무 밑 바위에서 나온다고 맑은 물보다 윗선으로 쳐주었다.

바가지로 떠보면 맑은 물이 샘에 있는 동안은 깊이를 헤아리기 어렵게 흐리게 보인다. 속내를 드러내지 않으면서 진국인 사람처럼 다섯 집 여러 명의 목을 축이는데 많은 식솔들을 거느리고도 늘 부족함이 없었다.

핵 실험으로 죽음의 재가 공기 중에 날아다니고 비가 오면 오수가 들어간다며 양철 덮개를 맞추어 뚜껑을 여닫고 물을 길었다. 떨어지는 나뭇잎이 우물 안으로 들어가는 것도 방지가 되었다. 매우 위생적으로 변모한 샘은 은근 슬쩍 밀주 항아리를 양철 덮개 뒤에 감추기도 했다. 맨손으로 설거지를 해도 겨울 동안은 따뜻했고 여름철에 이마의 땀띠도 사라지게 하는 시원함을 선물했다.

지독한 가뭄이 진행 중이다.

대나무 뿌리가 땅속으로 뻗어 얽혀서 집터를 삼키고 세월의 흔적을 지우는 활엽수들이 가득 들어찬 집터에 '바지락 샘'은 말라갔다. 아무도 찾아와 물을 퍼내주지 않아서 샘은 사라졌다. 더이상 신비한 효능을 발휘하지 못한다. 한 줄기였던 산성약수는 관광객이 줄을 서며 맑고 시원한 물을 떠간다. 물통을 든 외지인이 찾아 주는데 사라진 '바지락 샘'은 땅속 깊숙이 흐른다. 아마도 눈에 보이지 않지만 가뭄을 이겨내고 지하에서 살아 움직일 것이다.

1977년 취락구조개선으로 숲속의 마을은 음지에서 양지로 이주를 했다. 지붕만 개선해준 새마을운동이 발전되어 새로 집을 지어서 생활에 변화를 주었다. 세태의 변화에 적응을 못 하면 도태되듯이 샘은 이사를 못 가고 말라서 사라졌다.

장마가 시작되었지만 국지적으로 가뭄은 계속된다.

한반도의 남쪽은 폭우가 쏟아지고 동쪽은 비 한 방울 구경 못한 복불복 게임이다. 앞집의 며느리가 감자를 씻어 가면서 남긴 보라색 감자 한 알갱이가 시궁창에서 빛난다. 보라색 감자는 앞집에 감자밭에서만 수확했었다. 설거지하고 버린 흰 밥알들과 함께 마삭줄 꽃잎이 바가지 샘물을 퍼 올려 씻을 때마다 밥알인지 꽃잎인지 범벅이 되어 시궁창을 따라 아래로 둥둥 떠내려간다.

장날 떠돌아다니는 아이를 윗집에 데려왔다. 그 명자라는 아이도 샘물 위에 파장이 되어준다. 돌계단을 오르내리며 물동이에 물을 가득 퍼 나르고 잔심부름하며 딸처럼 잘 살더니 물동이만 남기고 바람처럼 어딘가로 나가버렸다. 버린 부모를 만나러 허리춤에 돈을 간직하고 밥을 유난히도 잘 먹던 명자는 가족을 만나서 오붓하게 살아 나처럼 나이 들었을 것으로 편하게 정리한다.

샘에서 물을 길러 머리에 이고 사립문 옆 울타리를 돌아서 대문으로 들어오며 물동이에 떨어지는 물방울을 손으로 훔치며 어른흉내를 내었다. 놀이가 시들해질 무렵에는 물을 받아 담아둘 물통이 늘 부족했었다. 너무 가까이 샘이 있어서 필요가 없었으니 가뭄이 홍수를 부르는 이치와 같다. 부족하면 넘치고 흘러내린다.

다른 집에는 샘을 파고 싶어도 물줄기가 없어서 땅을 파도 물이 없었단다. 샘은 생명을 이어주는 연결 고리였다. 집집마다 마음을 채워주는 넉넉한 나눔으로 평화가 가득했다.

장산도 섬에 처음 갔을 때에 우울 물은 몹시도 맛이 짰다.

두레박 샘에 긴 줄을 감아 올려 퍼낸 물을 식수와 생활용수로 사용했는데 맛이 짜고 세탁을 하면 옷에 때가 잘 지지 않는 것을 처음 경험했다. 사면이 바다에 접한 섬이라서인지 깊은 샘에도 불편할 뿐이다. 관사 인근 세 가족이 사용하는데 한집에 빨래를 한다고 물을 퍼 올리면 흙탕물이 되어 다른 집은 가라앉아 맑아질 때까지 지루하게 기다렸다. 바지락 샘을 통째로 옮겨오고 싶었던 생활을 1년 정도 지내고 부엌에 수도를 만들어 주었다. 논 가운데 샘에서 물을 끌어왔다. 물의 양도 많고 짜지 않아 세탁도 편해졌다. 모내기할 때 흙탕물이 나올 때도 있었지만 먹고 살아가야 하는 데 샘물은 가장 필요한 항목 1호이다. 자연이 만들어도 지키며 관리해야 사람에게 이로움을 주면서 함께 살아간다.

강원도 설악산의 유명한 오색약수가 말랐다고 뉴스에 나온다. 가뭄에 마른 것이 아니라 사람들의 욕심에 물줄기가 한계를 느껴서 사라진 것이다. 샘물 대신 수도꼭지가 한 자리를 맡으며 편리해졌으니까 물이 언제까지 차고 넘칠 것인가.

시원한 샘물 한 사발에 삶은 국수사리를 담고 설탕을 듬뿍 넣어 새참으로 먹던 설탕국수의 맛을 추억 창고에서 보물처럼 찾아냈다. 매미 소리가 자지러진다. 에어컨이 돌아가며 후덥지근해지면 달고 시원한 바지락 삶은 샘물을 그리워한다. 그리움만으로도 갈증이 해소되고 눈도 마음도 촉촉해진다. (2021년)

모시

흙길을 걷기 위해 봉은사에 갔다. 인도 위 맨바닥에 박스를 깔고 노점을 펼쳐 늘어놓은 모시 천으로 만든 소품을 봤다. 간편복을 입고 나온 나는 주머니가 비었음을 알고 아쉬운 마음을 접었다. 하얀 올이 곱게 짜인 모시 천의 생산지가 어디든 상관있을 것인가? 이렇게 길바닥에 작고 초라한 모습으로 진열되어도 반갑게 팔리는 꿈을 꾸는 멋스러움이 좋다.

노점을 펼친 할머니의 주름진 얼굴에 아득한 60년대 모시밭이 보인다. 초록 이파리가 바람에 일렁일 때는 하얀 뒷면이 보여 파도치는 바다와 같았다. 봄비를 맞고 쑥쑥 키가 크면서 촘촘함이 비집고 들어설 틈을 주지 않더니 점점 굵어져서 밭 안으로 들어 설 수도 없다. 모시밭 한가운데에 아지트를 만들듯 둥그렇게 뉘어 놓은 적도 있다. 할머니는 꼴사나운 짓을 했다고 베어 오지도 말라며 화를 내던 것이 생각난다. 모시를 베고 난 등걸은 고무신이 찢어질 정도로 단단했다. 그런 곳에 아지트를 만들다니….

초여름이 되면 모시를 베었다. 잎을 다듬어 단으로 묶어 지게에 지고 집에 가져 왔다. 우물가에 단을 쌓아 껍질이 마르지 않게 계속 물을 뿌려 주었다. 마을 아집 여럿이 모여서 품칼로 모시의 껍질과 대를 분리하는 작업을 했다. 분리된 모시는 연한 풀색의 속살이 드러난 채 작수발에 걸친 대나무에 가득 널렸다. 무게가 나가서 빨랫줄은 감당이 안 된다. 이렇게 태모시를 만든 후에도 여자들의 손길에 고운 모시 베가 되기까지는 힘든 순서가 기다리고 있었다. 손톱이 닳도록 모시를 가늘게 째고, 한 올씩 입으로 다듬고 하얀 무릎에 비벼서 연결하여 실을 만들었다. 날줄과 씨줄을 도투마리에 매어 베틀에 앉아 베를 짜기까지 섬세하고 힘든 여정은 계속된다. 모시는 6, 8, 10월 3번 수확한다지만 10월 경 수확은 품질이 안 좋아 베어 내는 정도로 한다. 모시는 습도가 중요하고 여름용품이기 때문인지 기억으로는 상추감이 골 붉어질 때까지 모시 올을 만지다가도 가을 농사일이 시작되면 손을 놓는다.

언제부터인가 태모시를 만들어 장날에 내다 팔아 할머니의 빨간 복주머니를 두둑이 채웠다. 그러다 모시밭은 콩밭으로 변하더니 슬그머니 남의 밭이 되어 기억에서 까마득히 사라졌다.

이제 모시밭이 공장 터로 자리를 내어주었고, 값싼 중국산에 밀려 한산 모시만 명맥을 겨우 유지하고 있다. 수공업으로 잔손질이 필요한 모시는 산업사회가 되면서 모시를 할 수 있는 인력이 부족한 것도 크게 한몫을 했다. 변화에 적응하지 못해 점점 사라졌다. 부드럽고 섬세한 화학섬유에 자리를 내주었지만 한여름 하얀 모시 옷은 시원하고 우아한 멋을 낸다.

매듭단추로 여민 내 모시 적삼은 80년대 시어머니가 만들어 주셨다. 60년대에 손수 짠 모시 베로 이게 마지막 남은 것이라고 했다. 여름이면 밥풀 먹여 다림질해서 빨간색 바지에 열심히 입고 다녔다. 맛들이면 끊을 수 없는 시원함이 있지만 세탁 후 잔손질이 번거로워 옷장에서 밀려나 보관용이 되었다. 혼수로 해온 모시 홑이불을 지금도 여름철에 사용한다. 세탁 후에 반 건조되면 수건에 싸서 발로 밟아 주름만 펴고 건조하여 사용한다. 더위를 잊는 시원한 침구다. 여름철에 찾는 필수품이 되었다.

한번 구경 갔던 충남 서천군에서 매년 6월에 '한산모시 문화제'를 한다. 국내 유일의 전통섬유 문화제이다.

첨단사회에서 직접 사람 손으로 짜서 만든 모시 작품을 노점에서 만나는 것이 시공간을 넘나드는 여행이다. 여름 모퉁이에 옥색 모시 한복을 입은 선녀를 만날 것 같다. 소나기를 맞은 함초롬한 여인 꽃보다 그네를 타는 춘향이를 생각해본다.

금박 물린 댕기가 나풀거리는 시원한 환상이다. (2018년)

비밀의 방

"아늑하고 포근한 자기만의 비밀의 방이 하나 있나요?"

가을걷이가 끝난 후 바람도 스산해지면 빈 볏단을 쌓아 놓은 곳 옆에 수숫단도 버려져 있다. 어른들의 일손이 미치지 못하여 잠시 쌓아 놓은 순간이다.

아이들은 볏단을 바닥에 깔고 수숫대 단을 맞대어 세우면 아지트 같은 방이 생긴다. 마른 풀냄새를 풍기면서 바람에 바스락거리는 소리까지 정겨워진다. 살랑거리는 가을바람을 막아주는 아늑한 비밀의 방이 태어난다.

자라면서 비밀의 방을 만들고 또 만들다가 부수고 정리하다가 다시 만들어 마음에 깊이 간직하여 쌓여서 넘치기도 한다.

체면과 자존심 때문에 마음에 간직한 채 드러내지 못한 사연들이 모여서 방을 이루고 거기에 가림막을 쳐서 드러내지 못한 것이다. 살다 보면 맞는다고 생각한 것들이 시간이 지남에 따라 서서히 오답이 되는 경우에 그때 드러내지 않아서 다행이다 할 때도 있다. 방마다 자물쇠를 잠그고 내 속의 부글거리는 마음을 이제는 정리해 가는 것이 글을 쓰면서 퍼내는 일이다.

　식구들이 총동원되어 동생을 찾으러 다녔다. 어둠이 내려 삼킨 골목은 손으로 더듬거려도 보이지 않는 칠흑 같은 무서움이 와락 달라붙는 시간이다.

　함께 놀만 한 친구들도 모두 오후에는 얼굴을 맞대지 않았다고 하며 갈 수 있는 장소를 돌아봐도 없다. 뒷산으로 갔나? 해서 남포 등 불을 들고 뒷산에 올라 소리를 질러 불러 봐도 대답이 없다. 모두 헛일로 다시 집에 모였다.

　어디로 갔지? 걱정을 한 아름 안고 마루에 걸터앉는데 갑자기 뒤란에서 발자국 소리와 함께 눈을 비비며 동생이 나타났다.

　어디에 있었느냐고 눈총이 심하자 마루 밑에서 잠이 들어서 이제 나왔다고 했다. 다음 날 날이 밝아 마루 밑의 비밀이 풀렸다. 엄청 혼나면서 물건들이 꺼내졌다. 혼자만의 작은 비밀을 간직한 즐거움이 사라졌다.

　삼간 집이라 큰 방과 작은 방 사이에 가운데 마루가 있었는데 앞쪽은 토지, 밑은 잡동사니로 막혀 있고 뒤쪽에 아이 하나가 겨우 기어들어 가는 구멍이 있었는데 마루 밑에 기어 들어가서 가마니를 깔고 아버지에게 혼나게 생긴 만화책을 가득 모아서 몰래 들어가서 읽고 있었던 것이다.

누워서 만화책을 읽다가 잠이 들어 소란을 피우게 되어 비밀의 방은 사라졌다. 아련한 추억의 쓰린 이야기이다. 가족이 많아서 따로 방을 배정 받지 못해 마루 밑으로 기어든 작은 독립이다. 사랑채에도 방이 있었지만 항상 어린아이들에게는 어림도 없었다. 그런 아련한 기억이 모여서 동생은 천 평의 마당을 가진 이층집 별장을 잘 가꾸고 있다. 마루 밑에서 꿈꾸던 꿈이 활짝 펼쳐진 것이다. 그것으로 행복의 유무를 따질 필요까지는 없다.

작은방에 손녀 방을 꾸미면서 이층 침대를 들여 놓았다. 아들은 매우 좋아하면서 본인이 가지고 싶었던 것을 딸에게 사줄 수 있어서 좋다고 했다. 거기에 한술 더 떠서 덮개를 구입해서 이층을 덮고 일층에는 커튼을 달아서 아늑한 공주 침대를 만들었다. 옆에 나무 계단을 걸어 올라가 인형과 소꿉놀이 장난감과 그림을 그리는 도구며 칼림바와 리코더랑 타악기가 있어서 비밀의 방을 운영하기에 충분했다. 정리가 안 되어서 할머니가 못마땅해 해도 나름의 정리로 대응하며 즐기는 것이다. 비밀의 방은 현실에서 서서히 마음으로 옮겨가는 것이다. 나만의 것으로 변신하기 위해 마음에 살뜰히 챙겨 넣어 두는 곳간이다.

추억이 가득하고 그래도 꿈이 영글어가는 시간이 지나고 먼 훗날에 이루어지더라도 그런 비밀의 방을 하나씩 간직하고 살아가는 것이 좋겠다. 바람이 스쳐지나가며 바스락거리던 수숫대를 걸쳐 놓은 자연이 만든 비밀의 방이 오래 남는다. 그렇게 가지고 싶어 하던 비밀의 방인데 이제는 통째로 비밀의 집이 되어 있다. 하지만 비밀을 가질 필요를 못 느낀다. 감싸고 감추는 것보다 마음의 문을 활짝 열고 소통하다 보니 비밀을 감쪽같이 숨길 수가 없다.

그래서 비밀은 너만 알고 있는 특급 귓속말이다. (2023년)

병아리를 품은 암탉

암탉이 사방으로 부리를 휘둘러본다. 모래를 콕 찍고 목덜미를 흔들어 중저음으로 "골골"거리며 병아리를 부른다. 부드러운 흙에 날개를 묻으며 병아리를 품 안으로 모은다. 병아리는 날개 위로 올라가고, 다리 사이로 파고들어 고개를 내민다. 이런 평화로운 풍경에 감정이입이 된다.

인생은 육십부터라는 말처럼 퇴직 후 모든 것으로부터 자유를 흠뻑 즐기고 있는 내 모습으로 보였다.

결혼한 아들이 한 아파트에 살아서 놀이터를 걷다가도 만나고 재활용 물품을 버리러 나갔다가도 만난다. 휴일에 맛있는 음식이 있을 때, 며느리에게 카톡을 보내면 금방 웃으며 손녀를 앞세우고 들어온다. 부드러운 속마음이 깃털의 따뜻함으로 표출되며 무엇이든 그냥 챙겨주며 산다. 물 한 모금 먹고 하늘 한번 쳐다보면 앙증맞은 병아리들도 '따라서 하겠지' 한다. 목을 넘긴 먹이는 모래주머니에서 달그락거리며 소화되듯이 순리를 따른다. 베풀어 준 것이 사랑의 보답이라는 미명 하에 포장되어 되돌아오길 기대하지 않는다.

봄에 어미닭과 병아리는 몹시 평화롭고 다정하다.

병아리는 먹이도 적게 먹고, 멀리 가지 않는다. 조건 없는 사랑으로 무장한 어미닭의 날개 안에서 즐기며 잘 자란다. 한철이 지난 가을까지 이런 사랑이 유지될 수 있을까? 병아리의 성장 속도는 빠르다. 여름 한철 동안에 금방 어른이 되면서 부모 관계는 데면데면해지고 먹이 다툼도 하며 영역을 넓히는데, 어린 병아리의 힘이 강해진다. 자연의 순리이다.

단칸방에 거주하는 독거노인이 고독사를 한다는 뉴스가 TV 화면 가득하다. 별로 놀랄 뉴스도 아니며, 예의지국임을 앞세워 흥분할 이유도 불분명해진다. 부모 자녀 간에 돌봄을 받지 못했다고 고소를 해서 생활비를 받아낸다는 소식이다.

그처럼 이제 어미닭도 변했다. 날개를 활짝 펴고 몸집을 크게 부풀어서 병아리를 지켜주던 정다운 모습 뒤에 감추어 둔 발톱을 드러낸 것이다.

'내가 너를 어찌 키웠는데 이럴 수가 있느냐?'

빠른 세월의 흐름에 늙어 힘없이 뒷방으로 물러날 준비가 안 된 어른들의 모습이다. 예전에는 수명이 짧아서 서운할 때쯤이면 모두 소리 없이 사라졌는데 이제는 100세도 청춘이라니 걱정이다. 끝없는 자식 사랑을 가치로 저울질 할 모성이 어디 있겠냐고 한다.

20, 30세대는 취업을 못해서 아우성이고 40, 50세대는 일찍 퇴직해서 앞날을 예측 못해 희망이 없단다. 부모에 기대는 캥거루족보다 더 강한 신캥거루족이 나타났다고 한다. 그래서 노년에 자식 리스크가 가장 무섭다고 한다.

내가 병아리를 따뜻하게 품고 거느린 어미닭이라고 했더니, 옆의 문우가 외부의 침입에 항거하는 무서운 어미닭을 떠올린다고 한다. 맞다. 항상 잘 돌봐주려고 연약한 본 모습을 감추고 억척스레 살아왔다. 날개를 펴서 몸을 부풀리듯이 내 능력 밖의 힘을 발휘하였다. 자식이라면 희생의 화신처럼 앞뒤를 가리지 않고 돌보았다.

최선을 다한 다음에 '어머니'라는 자리를 뒤돌아보면서 마음을 내려놓고 한시름 던 여유로움에 젖어 본다. 개나리 울타리에도, 제비꽃이 피는 뜰에도 병아리를 거느리고 보란 듯이 날개를 세우고 '꼬꼬' 거리며 다니고 싶다. 과제를 해결한 시원함이 더욱 가족애를 북돋우며 든든한 버팀목을 만든다. 누가 뭐래도 나는 병아리를 거느린 한가로운 어미닭이다. 어미닭의 끝없는 사랑은 포근함이 가득한 고향 같으니까.

병아리들아, 내 사랑의 날개 그늘에서 편히 쉬어라.

– 자유로운 착각

"참 엄마는 너희들에게 잘해 주었다. 마치 병아리를 거느린 어미 닭처럼 … 사랑을 듬뿍 주고 잘 돌봐주었지."

평상시에 엄마를 위하는 마음이 가득할 거라는 생각이 들 정도로 잘 해주는 아들에게 말을 했다. 수필반에서 나를 표현하는 동물에 '병아리를 거느린 어미닭'이라고 했다며, 내가 베풀어 준 자식 사랑을 이야기했다.

그런데 아들이 반기를 든다.

엄마의 화려한 직장생활 뒤에서 나는 엄마의 부재로 울기도 하고, 불만도 삭이는 아픔이 있었다며 토를 단다. 내가 뭔가를 착각하며 산 것인가? 할 정도로 조목조목 아픔을 들추어내며 마음을 아리게 한다.

요즘에도 직장 맘의 고달픔을 이야기하지만 80년대에는 육아 휴직이 없던 시대였다. 출산 하루 전까지 부른 배를 움켜쥐고 근무하고 딱 한 달간 산휴를 받아 신생아를 돌보고 직장에 나왔다. 직장에서는 집안일이 걱정이고 집에서는 근무처 일로 항상 걱정 속에서 살았다. 너무나 머리가 아파서 해결 방법으로 집에 오면 직장 일은 싹 잊어버렸다. 아침 출근으로 집안일을 생각 안 하기로 각심을 했다. 내 몸이 있는 곳에서부터 해결하며 살자고 노력했다. 그런 사이에 아들은 탈 없이 잘 자라서 가정을 예쁘게 꾸리고 있다.

　결혼의 첫째 조건이 '집에서 살림할 여자'를 원하고 찾아서 지금 며느리는 살림을 잘한다. 경제를 온통 혼자 책임지는 아들을 보면 대견하기도 하지만 걱정이 앞선다. 젊은 세대는 직장이 없는 여자들은 결혼도 못한다고 하며 혼자 벌어서는 아무 것도 못할 듯이 맞벌이가 유행이다. 자립심이 강하여 어떤 상황이든 지혜로 대처하며 걱정 없이 살게 됐으니 감사합니다. 할 줄 알았다. 아니었다. 마음 깊숙한 곳에 어둠과 상처를 쌓아 놓고 드러내지 못하고 있음에 뒤돌아본다. 부모가 주는 상처가 오래 가고 풀어내기 어렵다는데… 어릴 때부터 사랑으로 돌보지 않으면 나눔과 은혜를 베풀지 못한다고 한다. 부모의 부재를 느끼면서 살았어도 이제라도 마음의 응어리를 풀고 치유가 되었으면 좋겠다.

　너에게 엄마는 가방을 들면 사라지는 하루 종일 기다림의 그늘이었다. 유치원 친구가 "너 왜 엄마라고 불러 선생님이라고 해야지" 하면 "난 집에도 엄마가 없고 선생님이라고 부르면 엄마가 없어지는데 선생님 아니고 엄마야" 고집부리던 것은 엄마의 끝없는 부재를 인정하기 싫었다.

　도시로 와서 처음 2부제 수업을 했으니 혼자서 점심 챙겨 먹고 시간 맞추어 등교하는 것이 힘들었을 것이다. 빨리 등교하면 추운 3월에 복도에서 떨며 기다리고, 늦게 가면 수업이 시작되어 난감했다고 한다. 지금도 눈이 붉어지는구나.

필요한 시기에 곁에 있어주지 못해 많이 섭섭했구나. 무엇이든지 잘 돌봐주는 사랑도 중요하지만 없어서 부족을 극복하면서 독립심이 쑥쑥 자라났겠다.

목걸이에 걸린 열쇠로 아파트 문을 열고 들어오면 집안이 텅 비었다고 청거북이 한 쌍에 의지했었다. 학원을 순회하며 부모를 기다리게 하던 일 미안하다. 그런 외로움과 두려움을 잘 참아내서 오늘 우리는 웃으며 살고 있잖아, 직장 다닌 것이 마치 죄를 지은 것처럼 고개가 저절로 숙여진다. 직장 맘의 애달픔이다.

시간에 쪼들려 모든 일을 돈으로 해결하다 보니 불량학생이 될 기회가 많았는데도 유혹을 견디었다고 자부하던 일, 현명하게 잘 견뎌주어서 고맙다. 그런 눈물들이 모여서 엄마 부재의 애환을 극복했던 것이다.

이제 조금이라도 털어 놓으니 마음이 홀가분해졌는지 모르겠다.

엄마로 인하여 마음에 상처를 입으면서도 꿀꺽 참아 가며 다져지다 보니 여기까지 왔다. 아들아 고맙다. 조금씩 풀고 살아가기를 바란다. 병아리를 거느린 어미닭처럼 살아 왔는데 이제는 손주들에게 내 품을 내어준다. 아낌없이 주면서 줄줄이 전해 내려오는 전설 같은 내리사랑이다.

마음을 털어 놓은 것에 감사 기도를 드린다. 내가 생각하는 자식에 대한 사랑과 자식이 생각하는 부모로부터 받은 상처와 아픔에 차이를 많이 느낀다. 나도 부모로부터 받아 마음 구석에 버티고 있는 아픔을 풀지 못한 채 나를 온전히 성장시키지 못하고 멈춘 것은 없는지 뒤돌아본다.

그래도 엄마의 직장 생활이 아들 인생에 도움이 되었던 것도 많다.

"잘 찾아봐."

이건 내 변명을 위한 자유로운 착각인가? (2021년)

황색, 그리고 백색

"달걀 값이 금값이네요."

"수입 달걀이면 어쩌려고 흰색 달걀을 구입했냐?"

"옛날에는 달걀이 흰색이었는데 세척해서 팔려고 노란 달걀이 생산된 거래요." 백색 달걀이 담긴 판을 들고 있는 며느리가 인터넷 상에 나오는 말을 하는 듯했다. 내심 '나도 알아, 미국에서 수입해 마트에 진열된 수입산 백색 달걀을 사왔네' 속으로 말을 삼킨다.

TV에서는 연일 특종 뉴스로 AI(조류인풀루엔자)가 들불처럼 퍼져서 살처분당하는 닭들의 모습이 나오더니 이제 달걀 파동이 시작되었다.

닭을 기르는 동생이 걱정되어 소식을 물었다. 거기는 1주일에 달걀 2판은 꾸준히 나와서 지인들에게 유정란을 나누어 주고 있다고 한다.

달걀을 보면 닭에 대한 기억이 즐겁다.

일꾼을 데리고 농사를 짓는 할머니와 인근 고등학교에 재직한 아버지에게는 마을경치가 좋아서, 어른이 계신 집이라는 이유로 손님이 많이 찾아왔다. 손님 접대가 어려워 아버지는 닭을 길러 달걀로, 닭으로 쉽게 대접하기를 원했다. 농사 부산물을 이용하여 닭 기르기를 좋아만 한 아버지의 의견이었다. 할머니는 닭이 마루에 올라와 똥을 싸는 것이나 지붕에서 발로 헤집어 내리는 것이 마땅치 않았으나 귀한 외아들의 의견을 들어준다.

유난히 몸이 약한 아버지는 68년 혹독한 가뭄이 들었을 때 모래 논에 붙은 방죽에서 물을 퍼 올려 농사하는 일을 돕다가 늑막염에 걸렸다. 오른쪽 갈비를 2대 잘라내는 대수술을 하고 영양식으로 지네를 넣은 닭을 삶아서 죽으로 먹었다. 그래서 할머니는 더욱 정성 들여 닭을 기르고 아끼던 농작물을 거침없이 닭에게 먹였다.

마당은 닭들의 놀이터가 되었다. 점점 대나무밭으로 영역을 넓혀간다. 마당에 곡식이라도 말리는 날이면 나는 긴 대나무 막대를 들고 참새를 보듯 닭을 쫓는다. 마루에 앉아 한눈을 팔면 순식간에 닭은 곡식을 먹어 치워서 할머니께 혼나기도 했다.

닭의 숫자가 늘어나면서 짚을 쌓아 놓은 짚더미에서도 땔감나무 더미에서도 달걀을 발견하기도 했다. 윗집과 우리 집 사이에는 축대가 있고 큰 동백나무가 2그루 있어서 축대 위로는 아무도 가지 않은 곳에 땅을 헤집어 낙엽 무더기 속에 달걀을 낳아 부화된 병아리를 데리고 나온 닭도 있었다.

어느 날 아침에 할머니는 간밤에 소리도 없이 닭서리를 해갔다며 닭장 앞에서부터 닭털을 줍고 있었다. 마을에 청년층이 많았고, 우리 집에도 사촌오빠가 2명, 외숙이 한 명 와서 중, 고등학교를 다녔다. 그러니 장난이 없었겠는가. 화가 난 할머니는 골목으로 큰길로 털을 주우며 따라가니 마을 아재집의 헛간까지 갔다. 살펴보니 닭털이 끝나고 불에 타다만 털과 짚이 보여서 범인이 잡혔다. 닭값을 물리겠다고 잔뜩 화를 내는 할머니는 아버지의 설득으로 돈을 받았다는 이야기는 없었다. 증조모 마점댁이 아픈 일꾼에게 달걀을 품은 어미닭을 급하게 잡아주어서 기운을 돋우어 살렸다는 옛이야기까지 사촌오빠들은 모이면 즐거운 추억거리였다.

황색 달걀, 백색 달걀 구분 없이 지냈던 것이다. 백색 닭은 흰색 달걀을 낳고, 황색 닭은 노란 달걀을 낳았으니 상관없었다. 참 알록달록한 꿩닭 알은 크기가 작아서 구별이 쉬웠다.

잘 포장되어 진열된 달걀을 구별해 보기나 할는지 어미닭의 자식 같은 알을 먹으면서 어떤 닭이 낳아서 내 손에 왔는가를 생각해 봤을까? 동물도 보호법이 있다고 하니 고기를 위해 길러지는 동물에게도 살아 있는 동안에 보호가 되고 잘 돌봄을 받았으면 좋겠다.

비좁은 게이지라는 닭장에 가두어 지내지 않던 그때의 닭은 종일 자유롭게 돌아다니다 해가 지면 닭장을 찾아 홰에 오르던 모두가 토종이었다.

　백색 달걀이 자취를 감춘 것은 80년대 말이라고 한다. 신토불이 토종바람이 불고 토종닭으로 황색 달걀이 유행했다. 세척해도 오물이 눈에 잘 보이지 않는 황색 달걀의 전성시대가 지금까지 계속되었다. 그 후로 백색 달걀은 식탁에서 자연스레 사라졌다. 어쩌다 부활절에는 백색 달걀에 부활 그림을 그려 돋보이게 했다. AI로 달걀 파동이 나자 미국에서 수입한 백색 달걀이 마트에 진열되었다. 본래 백색 달걀이 토종처럼 있었다며 구입해 온 며느리의 마음과 시어미인 내 맘의 갈등을 달걀 껍질 부시듯이 아프게 깨며 벗어나본다.
　그리고 마음의 세월을 건너뛴다.
　맛에는 차이가 없다지만 의식 속에 자리한 토종을 좋아하고 습관으로 스며든 버릇이 꼬리를 치는 갈등이다. 황색, 그리고 백색으로. (2017년)

신발 부자

  나는 부자다.

  신발 부자다. 신발장에 신발이 가득하다. 신발장 선반 10칸 속에 2명이 신을 신발이 계절별로 용도별로 넘쳐난다. 운동화와 구두로 늘어 난 신발을 보면 나는 바로 신발 부자다.

  학창시절에는 오 리(약 2km)를 걸어서 다닌 학교 길에 신발은 잘 해지고 바닥이 너덜거렸다. 한 켤레 사서 계속 신다가 신발창이 너덜거려지고 구멍이 나면 겨우 새로 구입해주었다. 신발 속에 발이 아닌 가시나무를 신고 다닌 듯했다. 지금은 물건이 넘쳐나니 귀한 줄도 모른다.

  하복을 입을 때는 흰 운동화를 신었다. 빨아도 깨끗하지 않으면 칠판 밑에서 굴러다니는 작은 백묵을 주워 와서 운동화에 칠을 했다. 장독대 위에서 말리며 변색을 방지하느라 정성을 들인다. 운동화가 하얗게 빛나면 끈을 묶으면서도 매우 기분 좋았다. 오 리를 걷는 등굣길을 걷고 나면 풀잎에 맺힌 이슬을 털고 흙먼지를 뒤집어써서 저절로 얼룩이 생겼다. 발을 동동 굴러 봐도 소용없었다. 주말이 가까워지면 갈색 운동화로 변신해서 끌고 다녔다.

하나 밖에 없는 소중한 날개 같은 신발이었다.

큰일은 작은 계기로부터 온다.

동생은 광주로 학교를 갔는데 나는 시골집에서 계속 다녔다.

부모님은 동생의 바람 같은 마음을 붙잡지 못해서 광주로 보내고 나는 속마음을 내색하지 않아서 그냥 집에서 가까운 학교를 다녔던 것이다. 동생이 광주로 학교를 가는 동기를 이제 찾아보니 신발 때문이다.

"어디서 나서 흰 고무신을 신고 있냐?"

"독실포에서 잠수를 하는데, 신발이 강바닥에 있어서 건져 와서 신었지."

"아이고, 그 깊은 '독실포' 물속에서 사람이 죽었을 수도 있는데 임자 없는 신발을 가져와서 신고 있냐?"

물속에서 건져와 신은 하얀 고무신이 문제였다.

60년대 중반의 사정상 신발이 깊은 강물 속에 있는 것은 혹시 죽은 사람의 신발일 수 있다고 해서 식구들은 한바탕 난리를 몰아왔다. 동생은 활화산과 같은 마음을 다스리러 광주로 학교를 갔다.

중학생이 되어도 산과 들을 야생마처럼 뛰어다니는 것을 말려야 한다는 이유로 광주에 있는 학교로 강제 이주를 당한 것이다.

공부는 멀리 하고 채석장의 미끄러운 돌무더기와 가파른 절벽을 넘어 '독실포'로 낚시를 다녔다. 다람쥐처럼 '며느리 바위'를 올라 다니며 '억불산'에서 산토끼를 잡아오는 것으로 중학교 시절을 보냈다. 그런 바람을 잡아보려고 도시의 책상 앞에 묶어두었다. 물속에서 주워온 신발이 화근으로 광주로 학교를 간 동생은 어른들의 기준으로 장손의 무게를 감당할 공부를 했다.

나이 들고 어른이 된 후에는 결혼하고도 안정을 찾은 후 어릴 때의 못다 한 꿈을 향하였다. 민물낚시는 바다로 향하였고 물속으로 스쿠버다이버가 되어 활동하는 것이다. 그렇게 평생을 하고 싶은 일을 찾아 헤매었다. 공부가 성공과 행복의 척도가 되어 하고 싶은 꿈을 후순위로 미루었다. 이제는 마음에 품었던 일을 원 없이 한다.

나에게는 주어진 여건을 넘을 아무런 힘도 욕심도 없었다.

댓돌 위에 신발도 마루에서 조신하게 앉아 흙을 털고 신었다. 저고리 동정이 박음질된 포플린 한복도 횃대에 걸거나 보자기에 곱게 싸두면 칭찬이 돌아왔다. 넓은 세상은 내가 기웃거릴 장소가 못 되었다. 그런데 직장에 발령을 받고부터는 굽이 높은 구두를 고집하며 신었다.

기우뚱하고 발목을 접질리는 것을 참고, 엄지발가락이 휘어지도록 높은 굽을 신고 키를 키우며 다녔다. 조금이라도 키가 커 보이고 싶어서였다. 자존심이 발뒤꿈치에 붙은 듯, 굽 높은 구두를 골라 신었다. 스타킹에 감싼 무 다리를 의식하지 못하고 똑똑 구두 소리에 맞추어 행복해했다. 무엇인가 해보고 싶은 것을 나만의 비결로 해결한 것이다.

결혼을 하고 나서 시어머니가 구두와 발을 살펴보더니 한 말씀했다.

"너, 키 안 작아, 그 정도 키면 적당하단다."

나는 그 말에 편한 신발로 엄지발가락을 구두로부터 해방시켰다. 광주로 공부하러 가지 못한 아쉬움도 월급봉투 속에 구겨 넣었다. 내 뜻대로 되는 것은 세상에 없으니 품었던 아쉬움을 마음구석에 접어놓았다. 이만큼이라도 감사해야지 하면서 사랑으로 감싸 덮었다.

한 켤레의 고무신으로 살아가는 장소와 운명이 바뀌었던 우리 남매의 옛이야기이며 살아온 뒷모습이다.

지금은 신발 부자로 마음이 넉넉해졌는지 모르지만, 한 켤레로 아껴 신던 옛날이 마음에 남아 무지갯빛 그리움이 된다. (2017년)

백과사전

책장에 책이 색깔별로 가지런히 정리되었다.

그 모습을 들여다보는 것만으로도 좋다. 책을 가까이하며 한가한 시간이 송두리째 주어진 지금이 너무나 좋다.

책장의 맨 아래 세 칸에 묵직하고 두꺼운 백과사전이 자리했는데, 자식들은 자꾸만 필요 없으니 버리라고 한다. 지나간 자료라서 사전의 역할이 끝났다고 한다. 그러고 보니 백과사전을 펼쳐 본지가 꽤 오래 됐다.

그래도 예쁜 빨강과 검정색으로 사전답게 묵직하고 힘 있어 보이는 학원 세계대백과사전 32권이다.

내가 초등학교 4학년 때 일이다.

고등학교에 재직하던 아버지가 갑자기 담임이 되었다. 5·16이 나던 해 1961년 9월에 딸의 담임이 된 아버지도 충격이 컸다. 하지만 지금 생각해봐도 내게 주어진 반 이동은 난감했다. 한 학기 동안 정들었던 친구들과 헤어져서 낯선 2반에 보내졌다. 그런데 새로운 담임선생님은 학교 일이 많아 수시로 자습시간이 많았다. 반장이 조용히 시키다가 너무 힘이 들면 반 이동을 한 내게 왔다. 아버지에게 가서 아이들이 떠든다고 말을 하라는 것이다. 나는 엎드리기도 하고 눈물도 흘렸지만 반장과 부반장의 졸라댐에 할 수 없이 옆 교실에 가서 수업 중에 앞문을 열었다.

"아버지 우리 반이 너무 떠든디 조용히 시켜 주세요."

"그래 가서 있어라."

나는 그때의 홍당무가 된 얼굴과 벌벌 떨리던 다리를 잊을 수가 없었다.

그러나 그때 아버지와 가장 가까이서 등하교도 하고 심부름도 많이 했던 시절이었다. 지금 생각으로는 검정 표지였던 백과사전을 몇 권씩 사서 내게 집에 가져다 놓으라고 했다. 무겁던 책을 머리에 이어 보기도 하고 가슴에 품어서라도 떨어뜨리지 않고 집에 가져와서 펼쳐 보면 새로운 이야기가 가득 했었다. 그때의 백과사전은 무엇이든 물어보고 찾아보는 지금의 컴퓨터 역할을 오랫동안 했었다. 지금도 친정 서재에는 몇 권이 남아서 한 자리를 차지하고 있다. 내 4학년 때의 추억까지 켜켜이 쌓여 먼지 묻은 시간을 붙잡고 있다. 아주 오래된 사전의 쓸모를 구별하지 않고 자리를 내어 주고 있다. 아버지의 오랜 추억을 덧입혀서 책장 안에 진열되어 있다. 내가 가끔 가서 눈인사를 해봐도 낡아서 사전을 펼쳐 볼 엄두를 내지 못했다.

경기도로 이사를 와서 중학생이 된 아들의 학교과제를 해결할 사전이 필요했다. 사전을 사려고 알아보다가 종로에 가서 직접 사오면 값싸게 산다고 남편은 함께 가자고 했다. 가보니 박스가 3개에 무게가 나가서 나는 거들기도 힘이 들어 택시를 타자고 했다. 택시 타려면 여기까지 왜 고생해서 왔느냐며 싣고 올 수레를 샀다. 스테인리스로 만들어진 수레는 박스 3개를 싣고 기우뚱거려 난감한 상황이지만 백과사전을 구입한 흐뭇한 마음을 덮을 수 없었다. 택시 대신 수레를 타고 백과사전은 우리 집에 왔다. 너무 무거워 계단에서는 3단으로 옮겨 가며 지하철을 타고 안양까지 힘겹게 끌고 왔던 백과사전이다. 그렇게 구입한 백과사전이 얼마 지나지 않아 펼쳐 보지 않는 그냥 전시된 책으로 변했다. 자료의 홍수에 하루가 다르게 쓸모없어지는 지식이 책 속에 갇혀 있다 보니 백과사전은 점점 할 일 없이 낡아갔다.

4학년 때 오 리를 걸어 집으로 가져오던 아버지의 백과사전과 90년대에 구입했던 내 백과사전이 같은 모양으로 맥없이 요양원의 노인들처럼 후줄근해 보이지만 버릴 수는 없다. 그 속에 생생한 추억과 삶이 녹아있고 아련한 사연을 가끔은 펼쳐 보리라 이렇게 한가

한 시간에 여유를 부리며 활자로 남아 있는 책장을 넘겨본다. 컴퓨터나 핸드폰의 편리한 자료와 지식보다 그래도 글로 남아 있는 책이 좋다. 쓸모를 따지지 않고 백과사전은 어디까지나 여러 가지 자료와 지식의 집합체로 지나간 옛것을 그대로 지니고 있을 뿐이다. 책장의 아래 자리를 쌓인 시간의 무게만큼 묵직하게 지키면서….

  (2019년)

멋진 주름살

거울을 보면 얼굴에 주름이 참 많다.

세월의 흔적이라지만 너무 많아서 맘이 아프다. 어린 시절에는 얼굴이 고와서 모두 "화장 안 해도 되겠다." "피부가 고와서 밝아 보인다" 했는데 세상사 세파에 몹시도 시달렸나 보다.

언제부터 얼굴에 주름이 늘었는가 생각해본다.

30대 중반, 5년간 섬에서 살았다. 그때, 너무 관리를 못하고 민낯으로 햇빛에 노출되었다. 희고 약한 피부가 상했는데도 아무런 조치를 하지 않고 지내다 보니 주름이 차분히 자리를 잡았다. 젊음을 앞세워 얼굴에 대한 관심이 없었다.

그런데 손발에도 주름이 많다.

할머니의 손발에 주름이 많고, 아버지가 닮았는데 나와 막내 동생이 주름이 많은 손발이다. 유전적인 요인을 타고났고 손발 주름까지 관리하기는 더 어렵다.

"할아버지가 할머니를 잘못 선택해서" 했더니 할머니는 오일장 날 손발에 바르는 좋은 약을 사왔다. 약장사가 만병통치로 팔았던 약은 종이비누였다. 비누로 닦으면 주름이 없어지기도 한다는 것인가? 손발을 씻지 않아도 깨끗하게 보여 야단도 덜 맞았는데 종이비누 처방이었다.

음악시간 준비로 풍금을 치면 아이들은 이십 대 초반의 선생님 손이 주름이 많다고 야단이었다. 손은 조그맣고 부드러운데 주름이 오글거린다. 손발의 주름은 논 금이라며 논, 밭이 많아 부자로 잘 살 수 있다는 희망을 주신 할머니 모습이 주름살 사이로 그리워진다.

도시에 살면서는 피부 관리를 하러 다니기도 했다. 화장품 관리실을 정규적으로 다녀 매끄러운 피부로 가꾸었다. 항상 바쁘게 일을 하는 것이 안타까워 동료가 집으로 방문하는 마사지를 받아보라고 안내해주었다. 첫날 집에서 편히 마사지 받았다. 아끼던 반지 2개가 없어졌다. 생리전증후군으로 가져갔다는 반지를 다시 찾기까지 맘고생과 사연도 가득한 다음부터 지금의 주름살은 내 얼굴에 자리를 넓혀가며 텃새가 되어갔다. 얼굴을 관리 받아 당당해질 생각의 싹이 잘렸다.

나이 들어 친구들이 가고 싶은 곳이 피부과 병원이다.

주름을 편다고 보톡스 주사를 맞는 것이 관심사다. 그래서 나도 한번 관리를 받아 보고 싶었다. 피부과 병원을 하는 지인의 권고에 호기심이 발동하였다. 보톡스 주사를 맞으면 온 얼굴이 마비가 되며 잡아당기고 움직임이 얼얼해서 밥 먹기도 거북하고 하모니카 불기가 어려워 그만 두었다. 얼굴을 성형하지 않는 이상 확 바뀌는 것도 아니고 얼굴을 괴롭히지 않기로 했다.

이제는 자가 지방으로 젊음을 유지한다고 한다. 뚝 튀어 나오는 볼이 그런 것이라고 한다. 또 유전자를 이용한다고 하니 세상 참 좋아졌다. 구십이 넘어도 주름 없는 예쁜 모습으로 젊게 100세까지 팔팔하게 살게 됐다.

내가 내 얼굴을 쳐다보지 않으니, 살짝 주름진 자연모습 그대로 살자. 주름살 있어도 당당하고 자존감 세우며 웃으면서 살아가자. 그러면서도 여자의 예뻐지고 싶은 마음을 버릴 수 없어서 세월의 훈장처럼 깊은 주름살에 잘 듣는 특효약은 없을까? 화장대의 기능성 화장품을 만지작거린다.

요즘은 얼굴이 편해 보이고 좋아졌다는 말을 종종 듣는다.

특별한 비법을 발휘한 것도 아닌데 거울을 보면서 찾아냈다.

마음을 편하게 내려놓고 바쁨 대신에 느긋하게 생활을 하려고 노력하고 걷기 운동을 매일 열심히 한 결과이며 허겁지겁 빨리 먹던 음식도 잘 씹으면서 양을 줄여서 자연스러운 하루를 보내다 보니 이제 밝은 피부로 인해 좀 더 선해 보인 얼굴로 자리를 잡아가는 것이다. 고급 화장품보다 적당한 운동과 잘 먹고 자는 기본적인 생활에 안정이 오면서 피부가 밝아지고 웃는 모습이 되살아나서 좋아 보이는 것이다. 얼굴에 여유가 흐르는 미소가 번지고 건강하면 주름살쯤이야 나이의 훈장으로 살며시 넘겨본다. 내 첫인상이 얼굴의 자연스런 멋진 주름으로 도움 되기를 바란다.

  (2021년)

차표 한 장

가정의 달인 오월이 오면 마음이 무겁다.

한 몸으로 여러 역할을 해야 하는 연휴와 행사가 줄을 잇는다.

홀로 살고 계신 친정아버지를 찾아뵙는 시기를 결정하고 자식들 돌보는 사랑도 넉넉해야 한다. 내 개인적인 상황은 뒤로 접어 두어야 하니 머리가 복잡해진다. 그래도 딸을 손꼽아 기다릴 친정아버지를 먼저 만나러 가기로 결정하였다. 버스 터미널로 갔다. 연휴가 시작되는 날이라 매표소에 긴 줄이 늘어서 있고 밀려드는 여행객으로 가득했다. 연휴를 실감하면서 비교적 짧은 줄에 섰다. 전광판에 나오는 남은 좌석을 확인하면서도 왠지 불안했다.

지금이 아침 10시 즈음인데 13시 이후로 좌석이 조금 남았다고 안내되는 전광판을 바라보며 나는 14시 15분 차표를 한 장 받았다. 무려 4시간을 기다려야 겨우 버스를 탄다.

어떻게 보내지?

'가까운 백화점에 가서 아이 쇼핑을 즐길까, 시간 보내기 좋은 서점은 어디쯤에 있지, 지하상가의 의류를 보며 새로운 유행을 즐겨볼까… 아니다 성모 성월이니 4번 승차홈 앞 의자에 앉아 묵주 기도를 할까' 기다리는 4시간이 나를 흔든다. 생각은 가닥으로 밀려왔다.

그때 옆줄의 아저씨가 말을 했다.

"여기서 차표를 샀는데 무인매표소에서 구매를 다시 했더니 빠른 시간대로 샀어요. 그래서 여기서 산 승차권을 취소해요."

내 귀를 솔깃하게 하는 유혹이었다. 내 바람이 겉으로 드러날 때는 필요하면 유혹에 넘어간다. 1시간이 빠른 표였기에 바로 바꾸자고 했다. 붉은 사인펜으로 동그라미를 그린 차표라도 괜찮다고 해서 교환했다. 기다리는 시간이 3시간으로 줄어들고 도착도 빨라지니 기분이 매우 좋았다. 친절하게도 내 차표는 취소를 하고 내 손에 아저씨의 차표를 쥐여주었다.

내가 카드로 구입한 표를 취소했으니 아저씨에게는 손해였다.

나를 데리고 무인 매표하는 기계에 가서 가까운 시간대에 표가 남아 있는지를 검색해준다. 거기도 이미 매표가 완료되어 15시로 넘어가 버렸다.

"아저씨 차비는 현금으로 받아야 돼요. 내 차표를 환불해서 내 카드로 취소되었으니까요." 현금을 내미니 지갑에서 잔돈을 내어주며 당황해한다. 귀에 꽂은 이어폰으로 음악을 듣는지 모르지만 친절해 보여서 출발 홈으로 뒤를 따라갔다.

10분 간격으로 출발하는 차는 붐비고 승차하는 이들 속에 다른 줄이 길게 서 있다. 빈자리가 남으면 표를 보고 차례로 승차 해준다고 한다. 이런 일이 있는 줄도 모르고 시간을 꼭 지키고 남은 시간을 기다리며 보내려고 한 것에 웃음이 나온다. 잘 됐다 나도 줄을 서야지.

"3명! 자리가 남으니 타세요." 친절한 아저씨도 끼어서 3명이 먼저 출발했다. 부럽게 바라보며 차례를 기다리는데 내 차례가 되니

"아주머니 차표를 바꾸어 오세요, 00회사 것이면 빨리 보내 드릴게요."

그제야 자세히 보니 내 차표는 △△회사였다. 드문드문 끼어 있는 이 회사 차는 아예 출발 홈에 들어와 있지 않고 10분 간격으로 출발도 하지 않는다.

급할수록 돌아가라고 했는데 왜 상황을 빨리 파악하지 못하고 처음 구입한 차표가 생각이 나서 서서히 화가 밀려온다.

갈림길에서 내가 선택한 인생살이에 비유가 되며 그동안의 내 선택과 판단에 대해서 성찰할 기회가 되었다. 잘 되었다고 좋아한 일도 지나고 보면 막대한 손해를 볼 수도 있다. 그리고 울상을 지으며 잘못 출발한 불행도 시간이 지나면 행운을 품을 수 있는 것이다.

욕심이 화를 부른다.

차표는 친절했던 아저씨 카드로 결재했으니 내가 취소할 수도 없다.

차표를 바꿀까 하고 다녀오니 △△회사 버스가 들어왔다. 가서 앞에 섰다.

"우리가 먼저인데요" 젊고 예뻐 보이는 자매가 양손에 짐을 들고 생글거린다. 뒤로 줄이 길게 서 있다. 모두 나를 줄 서게 해야 된다는 듯 흘깃거리는 시선으로 본다. 맨 뒤로 갔다. 이번에는 두 자리가 비어서 나를 뒤로 밀어낸 자매가 탑승했다. 자기 엄마에게 깜짝 이벤트를 한다며 폴짝폴짝 뛰면서 가는 뒷모습이 소풍 가는 학생 같았다. 임시 관광버스가 2대가 왔어도 자리는 나지 않아 초조히 줄에 서 있다가 앞으로 갔다. 뒷머리가 당길 정도로 눈총을 맞으며 서 있었다.

"열 시 반부터 제가 먼저였어요. 표를 바꾸러 갔다 왔을 뿐인데요."

"왜 왔다갔다 했어요. 자리를 지켜야지요."

고집을 한번 부려 봤는데 여전히 자리는 나지 않고 울화는 치밀어 오르기 시작하며 표를 바꾼 것에 더 마음이 안 좋아졌다. 분명 표를 교환하러 갔을 때는 버스도, 사람도 없었다. 참는 한계에 다다른 듯 가슴이 뛰기 시작할 때 '4시간도 즐겁게 기다리기로 했는데…' 느긋해지자며 마음을 달랜다.

나는 슬슬 걸으면서 주기도문을 중얼거리기 시작했다.

사람들이 더 붐비는 터미널을 빠져나오며 면세점을 지나 지하로 내려가니 백화점의 먹을거리 가게가 즐비한 곳에서는 침을 삼키며 걸었다. 아침도 건너뛴 허기가 주머니의 차표 한 장에 대한 미움을 걷어간다.

삼각 주먹밥 2개를 샀다. 주먹밥을 삼키는 것이 아니라 시간을 삼키고 물 한 모금으로 울화를 씻어 내린다. 실컷 지하상가 구경을 하고 출발 홈에 다시 돌아왔을 때 버스는 앞이마에 출발 시간을 달고 기다리고 있었다. 차표 검사도 자동검표이다. 기계 앞에 승차표를 내밀면 QR코드를 읽어 '0번이 탑승 하셨습니다' 하고 멘트가 나온다. 표도 없이 핸드폰을 들이대면 되는 것도 있다. TV 화면에는 승차상황을 알려준다. 이런 편리한 시스템을 이용하지 못하고 점점 밀려나서 내 인생이 변두리가 되어가는 느낌이다.

지정된 자리를 찾으니 두 여자가 앉아 있다가 자리를 내어준다.

예비 탑승자 1위여서 자리가 나면 함께 앉아 갈까 하고 미리 올라와 있다고 했다. 오늘은 가는 곳마다 모두 간절한 조바심을 보이는 날인가 보다.

자리를 잡고 앉으니 옆에 앉는 이가 "강화도에서 새벽부터 출발

했는데 이곳 고속버스 터미널에서 세 시간이 넘게 줄 서서 고생만
하고 결국은 제시간에 차를 타고 가네요" 한다.

버스는 만석이 되어서 정시에 출발했다.

엄마에게 어버이날 이벤트를 하기 위해 비밀로 간다는 자매랑, 요
양원에서 거동이 불편한 친정어머니를 보러 간다는 강화도 아주머
니랑, 친정아버지를 찾아가는 딸을 태운 고속버스는 꿈속처럼 달린
다. 달랑 차표 한 장에….

(2020년)

영춘이 아재 이발관

그림 한 장을 카톡으로 받았다.

내 60년대 초등학교 때 모습이 그림 가득 담겨 있어 깜짝 놀랐다. 단발머리를 살짝 귀 뒤로 묶어 발그레 미소를 머금고 동전이 박음질된 한복을 입은 작은 소녀의 모습과 감나무 가지가 소품으로 보이는 그림이 내 자화상 같았다.

수필반 선생님은 Hoon 갤러리에 전시된 김혜민 작가의 작품을 보고 소장하고 싶은 간절한 소망을 품었단다. 전시 안내판이 비를 맞고 있으면 소녀의 그림을 닦아주기도 했다. 광고용 코팅된 그림이 전봇대 밑에 버려진 것을 주워 와서 오려내어 액자에 붙였더니 새로운 그림이 되었다는 설명이다.

선생님의 여동생 같다는 뒷말까지 정겨워지면서 내 어린 시절 마을 이발소였던 영춘이 아재 이발관이 포르르 날아와 살짝 내 곁에 앉는다. 그림 속의 소녀처럼 머리 모양을 낼 수 있었던 이발관은 가을이면 붉은 감나무 밑에 있어서 정겨운 소품이 되어 시간여행의 출발이 된다.

이발의자는 점박이 봉옥시 감나무가 있는 뒤뜰이다.

무게를 이겨내지 못해 늘어진 감가지가 머리 가까이까지 내려왔다. 이발하는 나무의자에는 내 키가 작아서 판자를 걸쳐 놓아 높이 앉으면 땅이 저 멀리 보이는 간이 이발관이다. 영춘이 아재는 어려서부터 귀가 잘 들리지 않았다. 아버지에게 농사기술과 이발기술을 갖은 고생을 하며 배우고 익혔다. 바리캉이라는 이발 기구를 구입해서 아버지와 가족을 대상으로 이발 기술을 연습했다. 이른 아침에만 문을 열고 기다리는 이들이 많으면 내일 온다고 하고 그냥 집으로 오기도 했으며 이발비용을 내가 드려 본 적이 없었다.

"할머니 가요."

"그래 알았다."

그것으로 통과됐던 아재의 이발관은 우리 할머니가 소나무 뿌리로 깨진 곳을 꿰매고 한지로 곱게 덧바른 마른 바가지에 쌀을 담아 주었던 것으로 이발비와 농사일한 품삯을 계산했다. 아들의 삯을 받아가던 귀동 할머니는 며느리와 한집에 살면서도 사이가 좋았고 집안에 과실나무가 가득했다.

이발을 하러 가도 앵두와 살구를 주던 귀동할머니와 영춘이 아재의 가족들 모습이 생생하다.

지금은 어디에서도 그때의 단발머리 모습은 찾기 어렵다.

앞머리를 가지런히 자르고 뒷머리는 귀 밑으로 길어서 뒷목에는 바리캉으로 살짝 밀고 면도까지 하면 끝났던 단발머리였다. 감나무에 매달아 놓은 가죽으로 면도날을 갈아서 뒷목과 이마에 마지막 마무리를 할 때면 향기로운 비누 냄새와 오싹한 면도질하는 소리가 함께 상쾌한 아침이 있었다.

카톡으로 보내온 그림에도 감나무 가지가 드리워져 있는 것이 김혜민 작가가 그리움이 가득한 60년대의 누이를 생각하며 그렸다고 한다. 남은 그림 2장이 내게로 왔다. 병아리가 소품인 소녀 그림은 비좁은 우리 집에 붙일 액자와 크기가 맞지 않아 돌돌 말아서 책장 옆에 두고 있다.

영춘이 아재 이발관을 다니지 않았던 것이 중학생이 되고 교칙에 따라 귀밑 1cm를 고수하면서였다. 읍내 미장원이 어쩐지 더 기술이 좋을 것으로 믿고 다녔다. 귀 옆은 1cm가 되고 목 뒤로는 찰랑거리는 머리를 길게 유지해서 면도도 하지 않는 단발의 변형을 했다. 교칙에 반발한 소심한 마음이다.

그래도 영춘이 아재 이발관은 70년대까지 마을사람들을 위하여 헌신했다. 몸이 약하고 귀가 조금 멀어 점점 소리를 듣지 못해 과묵

했던 아재의 모습과 친척이라는 연결고리를 유지해 오던 바람 같던 소식들이 끊어져 간다.

빨래터가 있는 또랑의 징검다리와 숲으로 우거진 골목이 시작되는 간판도 없는 아재의 이발관이었던 초가집이 지금도 마음 한편에서 자꾸만 살아가고 있다. 지나간 것이 더 아름다워져서 아쉬움을 남긴다.

광고하는 대형 전광판이 번쩍이며 질주하는 자동차의 긴 줄이 끈이지 않는 이 복잡한 도시 한복판에서 만난 그림 한 장으로 소환되는 추억거리는 잊어버린 자화상을 다시 찾는다. 어린 시절 포플린 한복을 입은 단발머리 소녀가 아련한 그리움으로 남는다. (2020년)

장미꽃 터널

　중랑구에서 준비한 장미축제에 다녀왔다.

　가지각색 장미가 가득한 장미축제에는 꽃과 사람이 어우러져서 북적이는 잔치마당이다. 꽃을 예쁘게 가꾼 손길에 보답하기 위하여 향기를 뿜어내며 자태를 자랑하는 장미의 덩굴이 길고 긴 꽃 터널이다.

　쓸모없는 땅이라는 천변의 좁은 길을 금싸라기로 변화시킨 기획에 찬사를 보낸다. 지자체의 축제가 코로나19로 위축되었다가 풀리는 금년에 더욱 빛이 난다. 축제의 길에는 여러 종류의 장미꽃 속에 사람이 더 화려한 꽃이 된다.

　청담 수필반 동호인과 함께 걷는 꽃길이 그대로 수필의 소재가 되었다. 도란도란 정을 나누며 수필의 현장수업이 된다. 붉은 넝쿨 장미 아치가 터널을 이루며 끝없이 이어지는 장미꽃길에서 친구 J가 생각난다.

　고등학교 시절, 담임 외에 다른 선생님과 사제 결연을 맺어 주었
는데 J와 내가 한 선생님에게 결연이 되었다.
　장미꽃이 필 무렵 스승의 날에 사제결연을 함께한 둘이서 선물
을 마련하기로 했다. J는 제법 큰 상자를 예쁘게 포장해서 준비하
고 나는 달랑 양말을 샀던 것으로 기억난다. 그것을 본 J의 어머니
가 담장을 타고 예쁘게 핀 장미꽃을 꺾어 묶어서 함께 가져가라고
주었다. 그때의 장미꽃 다발이 내 마음에 아직도 남아서 아른거린
다. 모두는 받은 꽃다발도 기억 저편으로 보냈을 일을 나는 묵혀두
고 다시 꺼내어 고이 간직하는 것이 읍내이면서도 변두리에서 살아
무엇인가 조금 부족했었다. 어둠을 채워주는 따사로운 손길과 정성
이 아직도 마음 밑바닥에서 살아나서 싹을 키웠다. 장미 한 송이로
고마움이 피어난다. 이것도 지나간 나의 장미 터널의 하나이다.

　교직에 첫 발령을 받은 71년에 근무지 근처에 작가가 있다는 이야
기를 들었다. 그 시절에 만난 작가는 '신동아' 50만 원 원고료 당선
작을 쓴 선생님이었다. 내 첫 담임을 한 아이들을 다음 학년에 선
망의 대상인 작가가 담임이 되었으니 지금도 아련한 그리움이다. 몇
년 후 갑자기 작가 선생님이 결혼을 한다고 연락이 왔다. 결혼식에
피아노 연주를 부탁할 사람을 구해 달라고 했다. 음대를 진학한 J

에게 부탁하여 결혼식을 빛내 주었다. 악보와 예쁜 J만으로 사람의 마음을 사로잡은 음악의 영역에 감사했다. 연분홍 꽃잎이 하늘거리는 터널을 또 지나간다. 알록달록 다양한 색상의 장미꽃은 무지개다.

풍문으로 J는 결혼하여 미국에서 산다고 들었다.

삶의 긴 터널을 서로 다른 상황에서 열심히 지나고 있었다.

그런 어느 날 밤 12시경에 J에게 전화가 왔다. 한국에 왔는데 일정이 가득차서 만나지 못하고 새벽에 떠나는데 전화로 목소리라도 듣고 싶다고 한다.

반가웠으나 머나먼 시간을 지난 차이 때문에 통화하는 동안 마음은 갈피를 잡기 힘들었다. 마지막 한마디 '그래 잘 지내고 우리 천국에서 만나자.'

그날 밤 잠들지 못하고 60년대 학교생활로 줄달음질쳤다. 내 삶의 군데군데 어둡고 참기 힘들었던 긴 터널의 무게가 한꺼번에 몰려오기도 하면서 만감이 교차하였다. 마음을 다시 다스렸다. 어두운 터널은 다 지나갔으니 꽃길만 걸어가자고 나를 일으켜 세운다. 앞날의 장미 터널은 황홀한 꽃길이다.

한밤중 통화 후 시간이 많이 지나서 J를 신도림 찻집에서 만났다. 얼굴을 마주보고 활짝 웃으며 옛 이야기를 나누었다. 우리는 학창 시절 쉬는 시간에 교단에서 책받침으로 탁구를 쳤다. 그런 솜씨로 시간과 공간의 수많은 벽을 건너뛰었다. 꼬맹이들 맨 앞자리의 장점이 되는 교단 선점의 이익을 누리던 친구이다. 마음을 서로에게 전했기에 우정의 장미꽃은 더욱 붉게 피어났다.

좋은 일과 슬픈 일도 삶의 여정에서는 굴곡으로 다가온다.

가족과 사별 후 혼자 남았다는 J의 소식이 줄줄이 전해져왔다. 마음을 졸이며 그래도 흔들리지 말고 잘 극복하라는 기도를 보냈다. 하늘나라에서 만나자는 기다리는 그리움을 함께 공감하며 간직한다. 또 하나의 삶의 터널 앞에 몸은 웅크리며 마음은 순응하며 지나간다. 가시에 찔리더라도 장미꽃이 주는 행복이 가득하여 향기가 넘쳐난다.

축제의 장미꽃이 바람에 하늘거리며 셀 수도 없이 이어지고 그 물결 아래를 걸으며 기쁨의 노래를 흥얼거린다. 지금 나이 들어서 찾은 이 작은 평화로운 시간을 마음껏 누린다. 황홀한 장미 축제를 즐기며 걷는다. 열심히 달려온 뒷모습을 돌아보면서 앞으로 맞을 축복의 장미꽃 터널을 생각한다.

카톡으로 보내온 영상에 J는 피아노 연주를 하며 혼자가 아닌 하느님과 함께 하는 모습에 장미꽃 한 다발 가득 담아 응원을 보낸다.

"J야, 우리 앞으로는 꽃길만 걸어가자."

우주 공간처럼 축제의 장미꽃 아치 터널은 수없이 마주오고 또 멀어진다.

(2023년)

제2장

일상日常 이락二樂

2024. 7 민 0

일상日常 이락二樂

일상日常 이락二樂

　'어쩌다 어른' TV방송을 보면서 가족의 의미를 다시 한번 생각했다. 너와 내가 모여서 우리가 되어 가족을 만들며 화합하는 결혼관에도, 대단한 변화를 가져 온다는 설명에 고개가 저절로 끄덕여졌다.

　결혼한 두 사람에 아기가 한 명이라면 과거에는 3인 가족이라고 했는데, 요즘은 1인 가구 2명에 플러스 아이 한 명이라는데, 결혼으로 결합된 상태를 강조하기보다는 각기 독립된 자아들이 함께 사는 형태로 인식하는 분위기가 높아지고 있다. 그렇게 빨리 변화하는 세태에 발버둥치며 달려들어도, 못 따라 잡을 것 같아서 멋진 이런 강의도 술술 지나가고 만다.

　우리는 가족으로 똘똘 뭉쳐서 7남매의 9인 가족도 1가구로 헤쳐나왔으니, 앞으로 더욱 자아를 찾아서 세분화된다고 한들 결국은 나와 너는 우리이다.

　돌보아 주던 친손자가 어린이집에 등원하면서 일자리를 잃은 할머니가 나다. 황혼 육아의 그늘에서 벗어났다. 이제 나만의 일낙을 즐기기 위한 출발이다.

　낮달이 뜨는 오후에 휘적거리며 걷기운동을 한다. 흙길이 잘 닦여진 봉은사 뒤 '명상의 길'에는 같은 시간에 또래들이 모여서 한 시간 동안 허리를 곧추세우고 명상에 잠겨서 걷는다. 그늘 의자에 앉아 사담을 즐기기도 하고, 여기저기 피는 꽃을 따라 장소를 옮기면서 오는 사람이나 가는 꽃을 맞으며 즐거워한다.
　앙상한 검은 나뭇가지 위로 흰 눈꽃이 피는 겨울이 지나는 흙길에는 귀한 홍매화가 모습을 드러낸다. 핸드폰을 든 사람들은 그냥 스치듯 지나가는 사람이다. 촬영 장비를 무겁게 들고 잽싸게 움직이는 이들은 전문가다. 잔설에 덮인 홍매화의 모습이나, 찬바람에 달달 떨고 있는 모습이나, 따사로운 햇빛에 활짝 웃는 매화 얼굴에 반하여 맨눈으로 상황을 저장하기에는 아쉬움이 남는다.
　그래서 홍매화나무 하나에 삼사십 명이 매달려있는 거대한 촬영장이 된다. 쪽문 너머에 핀 홍매화랑 무궁화동산에 가린 향기 진한 매화도 순수한 기다림을 간직한다는 것을 아실는지 모르겠다. 조릿대 사이에 봄을 알리며 돋아난 수선화는 노란빛을 발하고 상수리나무의 새순이 돋아올 때는 까치, 까마귀 소리도 요란해진다. 까마귀는 상주하고 있어서 텃새가 되었다. 가물거리게 멀지만 가까이 보이는 롯데타워와 도시의 고층건물 속에 이런 자연이 함께 숨을 쉰다.

홍매화의 향연이 지나간 자리는 자아를 확실하게 내세우지 못한 우리들이 모여 관심과 사랑을 나눈다. 목련과 진달래 철쭉이 꽃동산을 이루다 내 발길이 멈추는 곳은 오랜 세월 흔적을 품은 라일락나무 앞이다. 경내의 찻집 앞에 두 그루가 쌍둥이로 서 있는데 아무도 잔칫집의 환호도 없고 사진을 찍으며 눈길을 주지는 않지만, 내 그윽한 마음을 다하여 연보라색 꽃향기에 오래도록 머물렀다. 속의 목질 부분은 가슴앓이로 사라지고 차디찬 철근과 진흙으로 채워 시멘트로 고정해서 겨우 서 있지만, 최근에 임플란트와 암 수술을 한 내 모습과 닮았다. 그냥 몸뚱이에서 퍼져 나온 아픔을 보이지 않게 감추며 이런 고운 향기를 매번 쏟아 내다니 감탄이 저절로 나온다. 사람에게서 이런 향기가 난다면 성인의 반열에 오를 것이다. 큰 라일락이 지고 나면 향기를 진동하며 유혹하는 '미스 김 라일락'은 키가 작아 나무라기보다는 풀꽃 같다. 이름이 너무 재미있다.

수국이 파란 잉크를 부은 듯 무더기로 피어나면 봉은사 입구는 연꽃으로 장식된다. 한여름 동안 연꽃 주위를 맴돌며 진흙 속에서도 미소를 잊지 않고 말하지 않아도 마음으로 통하며 보여주는 것으로도 깨달음을 얻는 한여름이다.

여름은 길다. 망초의 하얀 풀 더미가 순간에 변한다. 상사화의 붉은 꽃이 풀 언덕을 가득 메우며 홍학 떼의 너울춤을 보여준다. 그리움을 가득 채운 하늘이 실비라도 뿌리면 꽃밭은 천상이 된다. 긴 인생길에 환상적인 최고의 순간이다.

일낙이 꽃을 보는 사이에 지나간다. 참나무가 많은 흙길에 상수리 열매가 뒹굴고 매년 '묵을 만들리라'는 생각으로 그치는 일상이다. 낙엽이 지고 오죽의 푸름이 더욱 생생해지면 첫눈에 들국화 향기도 흩날린다. 많은 꽃들은 피고 지면서 따뜻한 별이 된다. 스치듯 지나간 모든 인연들이 아스라한 별이 되어 반짝이는 것이다. 낮에 바라본 꽃들이 밤에는 별이 되어 내 창가에 서성일 것 같아서 저녁이면 나도 모르게 창밖을 내다본다.

별빛을 바라는 마음이 무색하게 여기저기 또 저어기까지 온통 전광판 천지다. 도시 한복판에 거주한다는 불편함이 현실로 다가온다. 하늘은 맑아도 빛에 가려서 현실에 그리는 별은 자리를 잡지 못하고 흐려진다. 그 자리에 서 있어도 보이지 않는 삶의 실체 같다. 하늘의 반달마저 베란다 삼중창에 비추어 3개의 달로 복사된다. 꽃송이들이 별이 된 푸르고 순수한 밤하늘을 그리워한다.

미국 뉴욕 맨해튼의 타임 스퀘어처럼 만든다고 대형 전광판이 별빛을 가린다.

현실을 가장한 무도회가 밤 시간을 장식하며 춤을 춘다. 모두가 잠들지 못하고 으르렁대는 차량과 오토바이 폭주족이 지나가고 별을 그리워하는 마음이 미로로 사라진다. 황홀한 도시의 모든 빛이 무리 지어 하늘에 떠돈다.

마음을 바꾸니 반짝반짝 전광판도 별이 된다. 낮의 꽃도 함께 별이 되고 온통 별빛 천지가 된다. 도시의 현란함은 별무리가 되어 은하수로 흐른다. 무엇으로 살아갈까 문제가 되지 않는 무릉도원이 되어간다.

밤의 야경이 또 다른 일낙이 되어 눈물을 닦아주고 마음의 안식처에서 편안하게 살아간다. 여유로운 할머니가 조촐한 일상日常의 이락二樂을 즐긴다.

(계간현대수필 봄 125호 2023년 등단작)

휴대용 장바구니

아들네에 가면 식탁 옆 정리대에 천으로 만든 장바구니가 걸려 있다.

어른 손바닥만 한 크기의 천 4장을 모아 조각보처럼 붙이고 앞뒤 8개의 조각이 모두 무늬가 다르다. 알록달록하게 보이지만 같은 계열의 갈색이라서 화려하지 않게 어울린다. 튼실하게 보이는 끈을 벌려 안을 들여다보면 갈색 천이 이중으로 되어있다.

어느 해 솜씨 좋은 지인이 선물로 주었다. 바느질을 배우며 만든 습작이라서 보기보다는 쓸모가 있을 거라더니 며느리가 유용하게 사용한다. 내 서랍에서 잠자는 것을 깨운 셈이다. 며느리는 손녀가 유치원에서 초등학교 입학 이후까지 여러 해 동안 인근 주민센터 도서관에서 책을 빌리고 반납할 때에 무거운 책을 가득 담아 나른다. 오래 되어서 버려도 되겠다고 하면 책 나르기 너무 좋다고 앞으로도 꾸준히 책을 담아 와서 손녀의 지혜를 키워가려는가 보다. 내게 선물한 이는 이렇게 유용하게 오래도록 사용하리라고는 상상도 못할 일이다.

  휴대용 장바구니는 다이소에 가면 천 원이나 이천 원에 판매한다. 딸이 빨강색과 파랑색의 장바구니를 사주었다. 두 개 모두 하얀 물방울무늬가 있어서 밝아 보였다. 손가방에 빨강색 장바구니를 접어서 넣고 다니며 필요할 때마다 꺼내어 식품과 잡동사니를 넣어 들고 다니는데, 편리하고 쓸모 있었다. 내가 사용하는 것을 본 지인이 달라고 해서 빨간 주머니는 나를 떠나갔다.
  그리고 내가 준 빨간 장바구니를 살뜰히 사용도 해보지 못하고 지인은 갑자기 하늘로 갔다. 유품으로 남아서 어딘가에서 사라졌으리라 상상하면서도 남은 파란 장바구니를 볼 때마다 생각나곤 했다.

  옛이야기처럼 빨간색 장바구니를 주고 세상사의 힘든 한 고비를 넘기고 또 파란색 장바구니를 줄 수 있는 여유로 한동안 잘 지냈다. 파란색 것은 몇 년째인지도 모르게 가지고 다녔다. 하얀 물방울무늬가 변해가고 끈의 이음새도 벌어져서 보수를 했다. 그래도 세탁을 자주해서 깔끔하게 단장을 하고 손가방에서 한 자리를 차지하는 필수품이 되었다.

항상 함께 있을 때는 그 소중함을 느끼지 못하는 공기나 물처럼 파란색 장바구니는 내 곁에서 준비된 보조자로 몫을 배분해 짐을 나르는 수고를 거부하지 않았다. 가방 구석에서 부름을 받을 때까지 대기하는 지루함도 견디었다.

변화는 바람결처럼 가까이 왔다.

기침을 계속하고 숨이 차서 대화를 이어가기가 어려워졌다. 겨울바람이 이렇게 힘들게 하는구나. 몰아세우며 천식이라서 약을 먹으면 기침이 멈추어 잦아질 것이라는 안이한 생각으로 견디는 겨울이었다.

몸무게가 줄어들고 큰 병원까지 가서 검사를 하고 결과를 기다리는 그런 시간에 나는 주변에 내 일을 알리는 것에 겁을 내고 있었다. 그런 시기에 동료였던 지인이 만나고 싶다고 연락이 왔다. 거절을 하지 못하고 만났다. 서류 봉투를 들고 온 지인에게 파란색 장바구니를 물려줄 생각이 처음에는 없었다. 언제든지 나눔은 반대급부로 내게 희망을 던져 주었다. 지인이 걱정스런 내 모습에 다정한 대화로 오랫동안 다독여 주었다. 짐이 많아서 내어주는 파란색 장바구니를 받아 수필5호 책까지 함께 가져갔다. 그리고 카톡으로 주머니가 맘에 들어서 가져도 되는지 물어왔다.

이제는 어쩔 수 없다는 운명처럼 받아들이는 방법 밖에 없었다.

파란색 장바구니는 그곳에서도 사명을 다 하고 편리하게 사용하기를 바라는 마음이다. 그리고 나는 병원에 다니면서 무사히 긴 터널을 빠져 나왔다.

글을 쓰는 동안 내게 주어진 사용할 수 있는 기회가 사라진 아쉬움이 배어들었다. 상처에 새살이 돋아나듯이 허전한 빈자리를 채워 줄 정든 장바구니들이 대기하고 있음을 이제사 찾아냈다. 서랍 속에는 그동안 내게 온 이유도 없이 가득한 행운이 몇 개 더 기다리고 있었다. 끈이 길어서, 받은 순서가 늦어서, 작게 접어지지 않아서라고 잠재워둔 장바구니에게 이제 관심을 보여 생명을 불어 넣어 준다.

내가 오래도록 관리하여 가방에 넣어 다니며 내 희망의 기도를 간직해 주면 더욱 쓸모 있는 주머니가 되어서 누군가에게 날아가서 또 사용되겠다.

며느리가 쓸모를 앞세워 오래도록 사용하며 아껴 주는 것처럼 작은 물건이 정든 물건이 된다. 보자기가 물건을 곱게 감싸서 값나가는 고급지고 정성 어린 선물이 되고, 책을 넣어 돌돌 말아서 등허리춤에 메면 책가방이 되었다. 그런 보자기가 변하여 장바구니가 되어 손에 잡히는 작은 크기로 접어서 생필품이 되었다.

성당에서 장바구니를 나누어 주었다. 작은 병아리 그림이 색깔별로 가득 차서 나는 연분홍을 선택했다. 병아리 그림 장바구니를 이제 신앙의 주머니로 정했다. 기도를 모으고 또 모은다. 받기를 바라는 누군가에게 되돌려줄 마음으로 세탁도 하고 곱게 접어서 가방에 넣는다.

작은 주머니가 일상에서 꼭 필요한 것처럼 나도 누군가에게 의지와 용기를 주는 쓸모 있는 하느님의 도구가 되고 싶다. 내게서 떠난 빨강과 파란 장바구니처럼.

(2021년)

건망증과 치매 사이

"○○씨, 지하철 자리에 이력서 놓고 내리셨는데요. 아, 아직 안 내
렸어요."

내 앞자리에서 핸드폰으로 다급한 전화를 하는 모습이다. 입구에
서 있는 분이 계면쩍은 웃음을 날리며 서류 봉투를 넘겨받았다. 나
이 들어 보이는 이가 이력서를 챙기는 것에 시선을 끌게 하며 잃어
버릴 물건을 알뜰하게 주인을 찾아주는 두 사람의 모습이 보기 좋
았다.

"나이 들면 가방을 메고 다녀요. 그 속에 무엇이든 넣어 두면 됩
니다." 그렇게 해 보란 듯이 등 뒤에 짊어진 배낭을 흔들거렸다.

서류를 받은 이는 전화를 하기까지 이력서를 꺼내 읽었을 것이라
는 생각에 몹시 당황해했다. 이력서로는 이게 마지막이라는 둥, 9호
선을 탄 것은 처음이라 지나가 버리면 하차하기 어려워 일찍 일어나

안내 방송에 신경을 쓰다 보니, 중요한 서류봉투를 놓고 내릴 뻔했다며 변명을 늘어놓는 이에게 가벼운 응원을 보냈다. '누구나 나이 들면 그런다'에 한 표를 찍을 수 있는 내 현실이기 때문이다.

정신줄 놓고 다니는 이야기는 친구들이 모이면 '천일 야화'를 이룬다. 그리고 나도 역사를 엮어가는 중이다. 기억 저편에 아스라하니 멀어진 시간인데 그래도 먼 옛일은 반짝이며 맑게 솟아나는 샘물이 된다. 내가 이런 말 했더냐? 하면 가족들은 많이 듣는 레퍼토리를 반복하기에 "어느 쩍 이야기인지 처음만 시작해봐요" 한다.
하고 싶었던 말이 도망치듯 하지만 꼭 이런 때 나온다. 이야기의 첫머리를 내밀면 "이제 한 번만 더하면 백 번입니다" 한다. 나는 그때 마음이 오그라들고 불편하다.

같은 아파트 사는 형님이 쌀 20kg을 준다고 해서 갔다. 수레에 쌀을 싣고 아들네에 배달까지 하고 집에 들어오니, 읽어야 할 책 들이 문갑 위에 쌓여 있었다. 책을 집어 들다 보니 시간이 금방 지나갔다. 부스럭거림 없이 책 속에 푹 빠져 있다. 책은 삶을 반짝이게 하고 외로움을 날려주는 동반자가 되어 준다. 그래서 나는 내게 마지막까지 함께 할 것 중에 하나가 책이려니 한다.
그런데 항상 곁에서 알람처럼 '까톡' 거리던 것이 그 순간에 조용하고 없었다.

"어디에 있나?" 하며 핸드폰을 찾다보니 점심 약속시간이 되었다.

온 집안을 둘러보고 또 봐도 자리를 비켜선 듯 아리송하게 없다. 집 전화기를 들어도 번호가 가물거린다. 신호는 가는데 받지 않았다. 아들네로 달려갔으나 헛일이었다. 아파트 정문 앞에 점심 약속을 한 이들이 기다리며 내게 전화를 했더니 다른 이가 받았다며 핸드폰이 왜 거기 있냐고 했다.

쌀을 가지러 갔다가 형님네의 베란다에 화분을 보며 이야기하다 보니 슬그머니 놓아둔 채 맨손으로 나온 생각이 떠오른다. 그곳에서 시들거리는 화초에는 샤워를 시키고 영양분이 많이 든 거름을 주라는 오지랖을 넓히던 결과였다. 지하철에서 보았던 챙겨 넣기 쉬운 배낭이 대롱거리며 내게 약을 올렸다.

나도 건망증에 대한 대책을 세워야겠다.

나는 집 근처를 나갈 때는 손바닥 크기의 파란색 가방을 들고 다닌다. 들기도 하고 어깨에 가볍게 멜 수 있어서 자주 이용한다.

시간과 장소, 목적에 따라 가방의 3개 주머니에 필요 물품을 넣고 다녀서 실수가 줄어들었다. 이제는 맨손에 들고 다니는 물건을 믿을 수 없는 때가 되었다.

나이 탓을 하기에는 빠르다는 생각을 했지만 특별한 대책이 없어 뾰족한 방법이 없다. 누군가가 건망증과 치매는 한 끗 차이라고 했다.

물건은 그래도 주머니와 가방에 넣으면 어느 정도는 분실의 위험을 방지할 수 있지만 가물거리는 기억은 어떻게 할까.

손안에 들 수 있는 작은 수첩을 기자수첩이라고 한다. 그런 수첩을 들고 다니며 적어 놓아서 생각을 저장한다는데, 나는 통째로 수첩과 배낭까지 그리고 소중한 나를 잃어버린다면 그 모든 대책이 무슨 소용 있을까.

하루 속히 삶이 흘러가는 시간을 붙들어 둘 기발한 대책을 세워야겠다.

내게는 뾰쪽한 대책도 없이 시간이 빨리 달리며 나이 먹는 고개를 잘도 넘어간다. 잊어버리는 것은 가끔은 다시 생각나지만, 돌이킬 수 없이 나를 잃어버리면 너무 슬프고 허전할 것 같아 아직 빈자리가 남아 있는 내 머리에 어제의 추억과 오늘의 일상을 잔뜩 글을 통해 붙들어 놓는다.

건망증과 치매 사이를 오가는 정신 줄에 과부하가 걸리기 전에.
(2024년 계간현대수필 가을 131호)

비둘기와 먹이

밥상이 한상 차려진다.

먹는 음식을 위해서 누군가는 목숨을 바쳐 내게로 자연스레 스며들어 내 몸을 완성해 주고 있다. 먹이 사슬을 보면 맨 아래층 군은 먹이가 되기 위해 숫자가 많다. 사람은 상위 고등동물이므로 맨 위에서 잡식성을 유지하며 모든 것을 맛보며 산다. 그래도 사람은 음식을 위해 열심히 수고하고 노력한다. 내 몸의 살과 피를 내어주며 받아먹으라는 예수님을 생각하면 만감이 교차한다. 누구에게 밥이 된다는 것은 가장 소중한 몸을 내어 주는 희생이다.

지하철역 4번 출구로 나와서 걷다가 비둘기와 매미를 갑자기 만났다. 한상 잘 차려진 밥상을 받았는데 먹지 말라고 빼앗아 간다면 화내고 이유를 밝히려 들 것이다. 길 가다 만난 상황은 밥상을 받은 비둘기이다.

오랜만에 맛있는 먹이를 본 비둘기는 뾰족한 부리를 날카롭게 내밀며 꼭꼭 쪼아댄다. 먹이가 된 매미는 첫 여름에 겨우 허물을 벗고 며칠 동안 제대로 날지도 못하고 비둘기 레이더망에 걸려들었다. 날지를 못하고 누워서 맴맴 소리를 냅다 지르며 버둥거린다. 나는 다급해서 우! 우! 외쳐 보지만 비둘기는 날아가지 않고 매미 곁에서 나를 째려본다. 부리로 땅을 꼭꼭 찍으며 금방 매미를 압도한다. 매미를 입에 물고 소나무 위로 휙 – 날아가더니 힘겨웠는지 소나무 위에 내려놓은 매미에게 몇 번 부리로 놀리더니 매미는 공중 낙하를 한다. 나는 먹이사슬의 안타까움에 '그래 밥인데' 작은 매미는 큰 비둘기의 밥인데 한다. 매미는 비둘기에게 먹혀 비둘기의 일부가 될 것이라 생각하니 약자 편을 들던 내가 슬그머니 공평해진 듯하다.

걸어가며 뒤돌아보니 땅에 떨어진 매미에게 비둘기는 끈질기게 따라 내려와서 매미를 쪼고 매미는 자지러지게 맴을 돌며 울음을 토한다.

지나가던 사람들이 하나둘 모여들더니 모두 핸드폰을 꺼내들고 동영상을 찍는다. 착한 아주머니가 비둘기를 향하여 소리 지르고 꾸짖으며 날아가게 하지만, 꿈쩍도 안 하고 먹이를 향한 야생의 생존경쟁은 치열하게 도시 한복판에서 이루어지고 있었다. 장마가 길어지더니 검은 구름이 환하던 햇빛을 가린다.

피하고 싶은 자리에 입을 다물고 마스크를 고쳐 쓰며 길모퉁이를 돌아 걸었다. 애써서 안 보고 넘어간다. 받은 밥상을 먹지 않고 물리치지 못하는 허기진 나그네를 그려 보았다.

어느 날 대모산 숲에 갔을 때 만난 까마귀가 생각났다. 커다란 날개를 접어 머리를 웅크린 까마귀는 날지를 못했다. 아이들이 모여서 과자를 주어도 받아먹지 않고 아주 순했다. 부리를 놀려 해치지 않고 날개도 접고 비무장 상태라서 휴전이 된 듯 동정 어린 마음을 유발하며 아이들 사이를 걷는다.

아주머니 한 분이 과일과 까마귀의 먹이를 가져와서 까마귀를 안고 풀숲으로 가서 먹이를 주고 왔다. 날개를 다쳐 치료 중이어서 풀속에 숨겨 놓았는데 사람들 소리가 나면 자꾸 밖으로 걸어 나와서 걱정이라며 아이들에게 손대지 말라고 당부를 한다. 모두들 까마귀의 날개가 잘 치료되기를 바라며 이웃지간처럼 아주 친근해진 기분이다. 무장 해제된 까마귀에게 먹이를 나누어주는 마음이 나눔의 예시 같아서 그때는 마음부터 따뜻해졌다.

살아 있는 동식물은 먹지 않고는 살아 갈 수가 없다.
하늘에서 내리는 비라도 맞으면 화분의 화초도 색깔부터 달라진다. 기르던 토마토화분을 장마 비를 맞으라고 밖에 내놓았더니 바람에 위쪽으로 나온 순이 댕강 부러졌다. 스카치테이프로 동여매어 주었더니 잘 붙어서 금방 살아났다. 그것을 보면서 젊은이가 교통

사고를 당하고 장기와 각막을 기증하여 여러 사람을 살린 이야기를 생각했다. 죽어서도 살아 있는 것은 내 모든 것을 내어놓았을 때 비로소 사랑이 되는 것을 알았다. 나뭇잎이 가을에 떨어져서 겨울을 견디는 동안 나무의 거름이 되어 봄날에 나뭇잎으로 다시 사는 것이다. 누군가에게 스며들어 새로운 나를 찾아내는 속 깊은 사랑 나눔으로 매미는 비둘기의 일부분이 되듯이 나도 하느님 사랑 실천을 하는 하나의 도구로 거듭나고 싶다. 예수님의 살과 피로 성체를 모시는 미사로 살며시 스며들고 싶다.

(2022년)

시간을 저장하는 사진

　요즈음 핸드폰 기능이 좋아져서 사진을 쉽게 찍는다. 카톡으로 실시간의 모습을 지인들에게 보내고 저장해둔다. 자투리 시간이 나면 앨범 보듯이 뒤적여 본다. 또 카톡에 들어가서 프로필 사진으로 걸어둔 친구들 손자, 손녀 모습을 보면서 '많이 컸다' '다복하고 여럿이라서 부러워' '프로필 사진이 1년 넘게 변함없어 참 재미없이 무던하다' 중얼거려 보기도 한다.

　손바닥 안에 컴퓨터가 들어와서 이제는 머릿속을 스치는 글귀도 메모하고 궁금한 소식은 손쉽게 찾아 볼 수 있다. 지하철역에서 만나는 약속은 더 쉽다. '코레일전철톡'이라는 앱에 들어가서 출발과 도착지를 입력하면 안내가 된다. '빠른 길 찾기'는 대중교통과 걸어서 찾는 길도 현장 사진으로 자세히 안내되어 편리하다. 이런 좋은 세상을 맘껏 누리며 살아가는 것이 재미있다.

최근 들어서 나이 드신 분들은 본인의 옛날 사진을 찾아 핸드폰으로 찍어서 보여 준다. 아주 젊은 시절 모습이다. 지금과 비교하면 청순한 모습이 마음 깊은 곳에서 연도 별로 슬금슬금 살아 나오는 기억을 건드린다.

사진을 남길 것과 버릴 것을 분리하면서 아까운 아쉬움을 핸드폰에 담아 보여주는 것이다. 젊어서 함께한 사진 속 지인이 저승으로 먼저 가버렸기 때문에 추억이 서린 사진들이 두꺼운 앨범 속에 잠들어 있었다. 그리고 앨범을 뒤적이고 있을 시간과 여유도 부족했다. 핸드폰에 저장하는 방법이 있었구나. 서랍 속에 잠자는 먼지 낀 앨범 속에서 사진을 꺼내 정리하여 핸드폰에 사진으로 넣어서 다시 쉽게 꺼내 보면서 어려지고 젊어져 본다.

추억을 간직한 사진만 치워도 가벼워진다. 무거운 짐만 불리며 사는 것 같았던 삶의 무게가 줄어든다. 스크루지 유령의 쇠사슬을 연상하면서 필요 없는 욕심을 버린다. 마음을 정리하여 비워 간다. 주변을 정리하고 넉넉하게 비워두면 사랑과 봉사, 나눔, 따뜻한 생명으로 채워질 공간이 생겨 인생이 즐거워진다. 여유 없이 실컷 쌓아 놓은 쓰레기를 용기 내어 현명하게 분리수거하는 것이다.

이제는 집안을 정리 해주는 직업도 생기고, 효과적으로 수납하는 방법을 알려주는 책도 출간되었다고 하니 나만 느끼는 것이 아닌가 한다. 고물을 못 버리고 부둥켜안고 힘겨워하는 집착도 병이라고 한다. 이제 앨범 속의 사진을 꺼내어 시간을 저장하는 사진으로 핸드폰에 담아 마음을 가볍게 한다. 활기 넘친 젊어본 시절과 연륜이 쌓인 늙어본 지혜를 생생하게 결합하면서. — (2018년)

빈집

   벚나무가 가로수로 터널을 이루며 십 리 가까이 이어지고 있다. 그 맞닿은 길을 조그만 미니버스가 달려간다. 버스가 멈추면 비척거리며 무거운 짐을 든 할머니가 내린다. 운전수는 일상인 듯 "잘 가세요" 인사까지 하면서 기다려 준다.

   "벌초가 안 되어 있는데 맘 상하니 가지 마소" 큰형님의 당부에도 추석 전 산소 벌초하러 영암에 왔다. 버스 터미널에서부터 익숙하지 못한 풍경이다. 대형 버스가 안 다니고 미니버스가 30분 간격으로 다니는 것에 대한 적응도 마음으로는 어렵다. 미니버스에 걷기에도 힘들고 지쳐 보이는 노인들과 무거운 짐은 한통속이 되어서 의자 한 칸씩 앙상하게 앉아 있다.

영암에서 목포까지 가는 도로는 버스며 화물차로 운행이 복잡하였다. 10분 간격으로 영암에서 목포행 버스는 시간표를 살피기도 전에 항상 대기하고 손님을 가득 싣고 출발하였다. 해산물 운반과 인력의 통행이 빈번하였는데 이제는 노령화로 유령 마을이 되었다.

일본에서는 시골에 빈집이 많아서 걱정이라는 소식이다.

노령화가 일찍 왔다는 이야기였지만, 설마! 하고 생각했는데 우리에게도 현실이 되었다. 앞으로 몇 년 지나면 마을이 송두리째 빈집이 될 것 같은 정류장에 내렸다.

5년 동안 빈집으로 있는 시가로 들어가는 길은 대문에 자물쇠가 매달려서 뒷집 마당으로 갔다. 요양병원에 있다는 뒷집 할머니의 휠체어만 문 앞에 있고 마당은 자갈과 풀숲이다. 감나무 그늘 밑 얕은 돌담을 넘어서 집으로 들어갔다.

칠 남매가 자식들을 거느리고 모이면 방이 좁아 마당까지 가득하던 식구들은 모두 어디로 갔을까? 마루에 햇볕이 따갑던 오후에는 할 일을 못 찾던 나는 파리채를 들고 파리만 쫓아 다녔는데 이제 파리도 없다. 부엌일과 음식 만드는 것은 큰형님이 잘 하셨지, 아이들 간식은 둘째 형님이 인기였고, 그래도 아이들과 놀아 주는 것은 미국으로 간 넷째였으며 막내며느리는 어른들께 귀여움을 받았다. 명절에는 성묘로 광주에서 버스를 대절해 오던 친척들, 얼굴을 알아보기도 어렵던 시부의 팔 남매 친척들이 마음에서 되살아난다.

우물가에 그늘을 만들어 주던 무화과나무는 짧게 잘려서 새순에 무화과 몇 개를 달고 있다. 큰길가 집이라 자동차가 담을 들이받아서 담을 다시 쌓고 페인트칠을 새로 해주었다는데 큰 무화과나무가 사고를 당했단다. 빈집에서 상수도를 열고 손을 씻는다. 월출산 골짜기에서 온 물이라서 시원하다. 단감나무는 열매가 가득하지만 개각충(솜깍지벌레)이 붙어 있어 징그러워 손도 못 댄다. 빈집을 지키는 나무들에게 '저럴 거면 차라리 잘라 버리지' 하며 중얼거려 본다. '수건이 있나?' 하고 장롱 문을 열어 보니 빈 어둠 속에 오싹 한기가 든다. 텅 비어 버린 큰집의 추억이 우리 대에서 끊기는 것인가?

창고에서 장화와 장갑을 꺼내고 장우산을 들어 안전 무장을 했다. 논두렁 풀숲에서 뱀이 나올 것 같아 우산으로 꾹 꾹 짚으며 산소로 향했다. 논에는 벼들이 고개를 내밀고 우렁이가 엉금거리며 친환경 농법이라 뽐내는데 개구리 뛰는 것에도 겁이 난다. 다행히 벌초는 되어 있었다.

내가 빈집에 오게 된 문제의 밭은 풀이 내 키보다 크게 자랐다.

여덟 마지기 밭에 농사짓고 대신 산소를 말끔하게 돌보아 주던 할아버지가 90고개를 넘어 건강하지 못해 농사 못하겠다고 했단다. 귀농한 친척 M서방에게 하라고 했는데 추석이 되도록 농사짓는 것을 M서방이 잊어 버렸다니 산소와 밭은 풀 대궐이 되었다. 관리된

줄 알고 아무도 찾지 않아 산소는 황무지가 되었다. 다행이 큰형님이 성묘 갔다가 상황을 종가 시숙에게 전화해서 벌초는 되어있다.

이제 인터넷으로 신청하고 돈 보내주면 벌초하기 전후 사진 보내주므로 직접 가지 않아도 깨끗이 벌초가 된다고 한다. 좋은 세상이다. 줄지어 가묘가 되어 있는 여덟 기의 묘를 보면서 '죽어서 이곳에 묻혀야 하나? 화장해서 납골당으로 가서 있어야 하나?' 내 몫이 아닌 죽음 뒤의 일까지 생각해본다.

앞으로 오 년만 지나면 노인들 모두 돌아가시고 빈집은 지금보다 더 늘어난다. 빈집은 일 년에 한번 들르는 부모 세대가 이주 안 하고 도시에 살면, 손자들이 빈집으로 이주할까? 이제 300만 명이 채 못 된다는 농어민이 농어촌을 지켜 낼까? 걱정을 모아보니 태산이다. 우리 땅에서 나오는 싱싱한 먹을거리는 누가 지켜 줄 것인가? 그래 지금도 외국산 농산물 잘 먹고 살아간다. 점점 마음까지 덩그러니 빈집이 되어 간다. (2018년)

울밑에 선 봉선화

씨앗 한 봉지를 사왔다.

봉지 겉면에 있는 사진을 보고 구입했는데 뜯어보니 씨앗의 종류가 3가지나 되었다. 채송화, 과꽃, 봉숭아였다. 아파트 마당에 나와 있는 주차 방지용 대형 화분이 매년 비어 있는 상태라서 관리소장에게 양해를 구하고 씨앗을 뿌렸다.

어디에도 내 땅이 없는 도시인은 모두 자연의 기억이 존재하는 나이에는 흙만 바라봐도 위안을 찾는다. 한 뼘 땅에 기대는 설렘이 숨을 쉬게 한다. 큰 느티나무와 은행나무가 그늘을 드리우고 있어 위치가 열악한 편이다. 주차선이 없는데도 주차해서 차의 방귀 냄새가 심하다.

그래도 씨앗은 부드러운 흙을 들어 올리며 싹을 틔웠다. 아주 작은 새싹에도 관심을 기울이며 비둘기와 까치도 아이들도 종종 거리며 지켜봤다. 매미 소리가 가득해지는 나무 그늘 밑에 봉숭아는 꽃이 피고 특히 여자 아이들이 관심을 갖고 손톱을 만지작거렸다. 백반을 사온 할머니가 조금씩 나누어 주어 손톱 물들이기를 하고 이야깃거리가 생겨서 이웃들과 웃을 수 있었다.

봉숭아 꽃씨 따기는 아이들이 더 좋아한다. 손대면 톡 터지는 것에 재미를 붙인다. 몇 개인지 셀 수 있는 정도의 씨앗이 불어나 한 줌이 된 봉숭아 씨앗은 겨울 동안 플라스틱 통에 담겨 따뜻하게 지냈다. 그리고 또 봄이 와서 불어난 씨앗을 여기저기 뿌렸다. 아파트 정문 옆 조그만 화단과 햇빛 잘 드는 큰 화분에 씨앗이 많아서 고루 널리 뿌려졌다. 비가 오고 바람이 살랑대는 초여름까지 봉숭아는 잘 자라 주었다.

요즘 젊은이들 사이에는 결혼해도 자식을 갖지 않는 부부가 참 많다. 결혼도 하지 않고 결혼해서도 자식을 필요로 하지 못하고 생을 즐기려고 한다니 어른들은 세상 말세라고 투덜거린다. 경제가 어려워서 맞벌이를 하며 먹고 살기 위해 발버둥치다 보니 아이를 낳을 여유가 없다는 핑계를 대지만, 속을 들여다보면 아쉬운 이기주의가 자리한다. 부모는 한없이 사랑을 주어야 할 의무처럼 교육을 시키고 결혼과 다 큰 어른이 되어서도 끝까지 독립을 못한 자식을 돌보는 상황이다. 젊은이들이 지레 겁을 먹고 포기하는 면도 있다.

직장인은 자기를 노예로 칭한다. 노예 1인 아버지가 노예 2를 만들 수 없어서 아이를 낳지 않는다는 지론에도 의미는 있으나 희망이 사라진 현실이 슬프다. 봉숭아 씨앗처럼 아무 조건 없이 몇 알이 다시 한 줌이 되고 또 더 많은 개체로 널리 퍼지는 섭리 안에서 살면 어떨까? 한다. 그래서 행복한 가정이 점점 늘어나면 좋겠다.

흰머리가 가득한 친구가 '나는 아직 할머니가 아니'라고 억지를 부린다. 아들 둘이 결혼하고 아이가 없으니 본인이 할머니가 아니라고 착각한다. 겉모습으로 책정하여 도매금으로 넘겨 할머니가 되기 싫은 발버둥에 가깝다. 살아가는 데는 어쩔 수 없는 순서나 질서가 있듯이, 연령에 따라 달성 못하면 값을 치르라고 한다면 해결되어질 일인가 한다. 속 좁은 내 의견이지만 심사숙고할 여지가 남아있다. 삶과 행복의 순서가 질서 정연한 것은 아니다.

느티나무 그늘의 봉숭아는 꽃이 피어 오가는 이의 눈을 즐겁게 하고 모두 봉숭아 씨앗을 받아간다. 익은 씨앗을 미처 받지 못하면 저절로 떨어져서 싹이 나고 가을이 짙어져도 작은 키에 꽃을 피우고 있다. 마지막 안간힘을 모아 최선을 다하는 모습이 내일을 준비하는 일로 숙연해진다. 봉숭아가 이모작이 되는 사실은 처음이다. 그래서 '울밑에 선 봉선화야'라고 노래 불렀나 보다. 울타리와 장독대 그늘진 습지에 꽃과 씨앗으로 살았을 특성을 이제야 알아간다.

햇빛 좋은 장소에 심은 봉숭아는 튼튼하고 키가 크며 건실해도 꽃이 없다. 살펴봐도 이유 없이 그냥 꽃이 없다. 양지의 봉숭아가 요즘 젊은 세대 같다. 형제의 수가 적고 외둥이로 곱고 귀하게 자라다 보니 고달픈 미래는 미리 겁을 낸다. 돌봄을 받았던 만큼 후손에게 베풀어 줄 자신이 없는 것은 아닌가 한다. 받아온 자양분으로 부모가 되어 다음 세대로 이어지는 고리를 멋지게 만들자.

　양지에서 자란 봉숭아는 한 해가 마무리되어도 꽃과 씨앗이 없이 지나간다. 결혼도 안 하고 자식도 없이 끝이란다. 모두 이유가 있고 사연이 가득하겠지만 봉숭아의 한살이가 눈과 서리 내리면 주저앉아 사라지듯이 마지막이다. 한 해를 대궁만 가득 키우다 잘 살았다고 할 수 있는지 물음표가 가득하다. 후손이 있어서 내일을 기약하고 좀 더 살기 좋은 환경에서 살아내기를 희망한다. 그래도 오랜 세월 내려온 역사를 펼쳐 보더라도 역경을 이겨내고 힘들면서 발전하며 편리하고 좋은 세상을 만들어 가는 것이다.
　지구상에서 사라질 나라로 손꼽히는 씁쓸한 미래는 지혜를 모아 막아야 한다.
　가득히 핀 봉숭아의 씨앗이 퍼지듯이 자손이 번성하기를….
　(2023년)

동백꽃

동백꽃이 피고 있다.

조그만 송이를 어렵게 겨우 피워 올려서 베란다 내다보는 횟수가 늘어났다. 아직도 추운 바람이 매서워 발걸음을 종종거리게 하는데도, 햇빛 밝은 베란다에서 빨간 꽃잎을 피워 냈다. 영양부족으로 송이가 작지만, 계절을 잊지 않고 보여 주는 꽃의 표정에 미소가 가득하다.

동백나무는 타인에게 선물하지 않고, 젊은이에게 주지 않는다는 얘기가 있다. 꽃이 질 때 송이채 뚝 – 떨어진다고 해서 그런다니 검증되었는가는 의문이다. 꽃말이 '겸손한 아름다움', '자랑', '누구보다 당신을 사랑합니다'라고 한다. 속설과 꽃말은 서로 거리가 멀어 보인다.

한산도로 여행 가서 본 동백은 종류가 여러 가지였다.

동백은 '산다화'라고도 하며 '치자나무과'에 속한다. 애기동백은 꽃송이의 크기가 아기처럼 작다. 꽃 색깔이 붉은색, 흰색, 분홍색, 알록달록하며 다양했다. 나뭇잎의 크기도 달라서 '동백인가' 하고 자세히 들여다보게 하는 종류도 있다. 겹동백은 특히 더 그렇다. 꽃 송이가 크고 꽃잎은 겹겹이 싸여 마치 다른 꽃처럼 보인다. 요즘은 화분에 분재로도 많이 기르고 있다.

추위 때문에 중부지방에는 큰 동백나무를 쉽게 대하기 어렵다. 남쪽에는 동백나무가 군락지를 이루며 키도 크다. 사과처럼 빨간 열매는 추석이 넘어가기 전에 딴다. 가을 햇빛에 입을 벌려 속의 갈색 알맹이가 자연히 떨어지기 때문이다.

동백을 덕석에 펴서 말려 놓으면 마르면서 속 알갱이를 뱉어 내듯이 동백 알맹이가 모인다. 이것을 절구에 찧어 단단한 갈색 겉껍질을 벗겨서 속 알맹이를 모은다. 부드러운 속 알갱이를 기름집에 가서 기름을 짜오면 머리에 바르는 동백기름이 된다.

여인들의 비녀를 꽂은 쪽진 머리를 단정히 향기롭게 해주었다.

새봄! 동백은 흐드러지게 피는데 간식거리가 귀한 시절에는 대나무가지 하나를 꺾어 들면 속이 빈 빨대가 되고 아이들은 동박새가 되었다. 나무에 올라가서 붉은 꽃에 대나무 빨대로 꿀을 빨아 먹었다.

지금 생각하니, 동백이 잘 열리게 한 것인데도 그때는 어른들이 보는 대로 야단이었다. 그래서 '광대골'로 몰려갔다. 동백나무가 군락지를 이룬 거대한 동백 숲에서 꿀도 따 먹고, 동백 숲 그늘에만 새순이 나오는 참나물을 캐기도 하며 놀았다. 굵은 실을 두꺼운 종이에 감아 와서 동백꽃 목걸이를 만들어 목에 걸기도 했다. 실이 없으면 지푸라기도 좋았다. 순수한 자연물이 놀이의 소재가 되던 아름다운 시절이었다.

　봄비가 보슬거리며 내린 날은 꿀의 양이 늘었다. 꽃 속에 빗물이 스며들어서 새콤달콤한 빗물+천연의 꿀이다. 동백나무가 미끄러워 잘못하면 풀밭으로 떨어지는 경우도 있지만 숲속에 깔린 아이들의 이야기, 웃음소리가 붉게 꽃잎처럼 펼쳐진다.

　환경오염으로 이제는 꿀을 따는 벌도 나비도 모두 귀한 존재이다. 유리창 문 안 베란다 좁은 공간에서 숨을 죽이며 구슬같이 작은 동백을 얻는 것으로 만족하며 산다. 조그만 꽃 얼굴을 보여 주는 동백나무에게 감사한다. 복잡한 도시의 작은 베란다에서 동백꽃의 꿀을 따는 것이 아니라, 뾰족하게 내민 주둥이의 작은 동박새가 되어 동백 숲을 날아본다. (2016년)

나도 샤프란

화사한 꽃다발을 받았다.

꽃이 내게 와서 나눔의 재미를 듬뿍 주고 마음의 꽃이 되기까지는 시간의 탑을 그리 많이 쌓지 않았다. 세상의 모든 봄이 기울어질 때까지 부추처럼 가늘고 긴 잎을 싱그럽게 키운다. 든든한 알뿌리를 영글게 하며 영양분을 잔뿌리에 가득 모았다. 한꺼번에 내뱉는 정열보다 조금씩 순차적으로 조절하며 돋아나는 꽃대들이 한 아름 꽃다발이 되면 어느 사이 초가을 문턱이다.

아파트를 팔고 이사 가는 이가 가는 곳이 협소하여 화분을 잘 돌볼 수 있는 내게 맡기고 싶다고 했다. 돌려줄 수도 없는 화분을 수십 개 받아보니 난감했다. 대충 몇 개는 집으로 들이고 발을 구르는 내게 솔깃한 제안이다.

급한 대로 필요한 분 가져가라고 방을 붙이니 순간에 해결되었다. 그렇게 '나도 샤프란' 화분은 우리 집에 입양되었다. 처음에는 내 무릎 정도까지 기다란 도자기 화분에 볼품없어 보이는 부추 싹이 그득한 모양새였다.

내게 기쁨과 웃음을 선물한 꽃다발의 진가를 발휘한 1년의 시간은 새로운 만남이다. 화려한 색과 향기로 봄을 맞이한 여러 꽃이 피고 지는 동안 입을 꼭 다물고 미소만 짓던 단아한 모습의 아가씨다. 은은한 매력을 뿜어내서 사랑을 독차지하는 것처럼 화분이 통째로 꽃다발이 된다. 시들어 마른 꽃잎도 수묵화의 난 그림처럼 자연스럽다. 새로 돋아나는 꽃대와 피어있는 꽃 옆에서 함께 살아가는 사람 사는 세상을 닮아서 더욱 향기롭다. 남녀노소 함께 공존하는 이상적인 한 가정을 보는 듯하다. 희망의 웨딩 부케가 되어 하얗게 빛난다.

사진을 찍어 여기저기로 퍼 나른다. 내가 느끼는 따뜻한 마음을 퍼 날리는 것이 내 집 베란다에서 마음의 마당으로 시야가 넓어진다. 은은한 향기와 함께 행복을 날린다.

사진을 보는 이들은 곧 답이 왔다. 꽃을 보고 입양하기를 원했다. 기르고 싶은 마음이 여러 갈래였다. 꽃이 좋아서, 결과만 바라보고, 옛 추억이 생각나서, 반려식물로 또는 화단의 장식을 위한다는 등 이유도 다양하다.

그래도 어디서든 잘 자랄 수 있는지 걱정이 앞장섰다. 화분을 털어 내보니 좁아서 터지기 직전이다. 가득 차다 못해 점점 밑으로 가라앉으며 작은 새끼들이 번지고 있었다. 아파트 화단 맥문동 앞에 한 줄로 심었다. 중부지방이라 추운 겨울에는 화분에 옮겨 포기 수를 늘려 나갔다. 그리고 나눔을 이어 갔다. 해가 지날수록 개체 수는 많이 불어나고 나누어줄 자리와 잘 돌볼 사람들이 있었다. 꽃이 피면 환호가 터지는 꽃다발의 기쁨은 기호에 따라 찬차만별千差萬別이다. 초록 잎과 흰색 꽃의 조화로 단순한 매력이 내게는 좋았으나 모두에게 해당되는 것은 아니다.

분양 받은 처음 1년간은 적응 기간이다.

이사 가면 환경이 낯설어 몸살을 앓아가면서 서로의 의사소통과 관계를 맞추어간다. 인연이라는 끈을 잡아 정을 쌓아가는 동안 서로를 알아간다. 조금 더 따듯한 시선과 물을 제때에 주는 정성도 필요하다. '나도 샤프란'의 향기를 느껴 가는 수고를 감내해야 한다. 어디 함부로 공짜로 받는 기쁨이 있을까? 들판에 핀 야생초도 꽃을 보려고 밤새 내리는 비와 바람과 햇빛이 합작하여 곱상한 꽃을 피울 수 있다.

어디든지 뿌리를 내리고 번식하면서 꽃다발 가족을 만들 준비가 되어 있다. 겨울 동안 저장하듯 베란다에서 웅크린 '나도 샤프란'을

봉지에 가득 담아간 이는 자꾸 쓰러져서 치켜세우기 힘든다 해서 싹둑 잘라 내라고 했다. 뿌리에서 새싹이 올라온다고 했더니 싹이 새로 나고 꽃이 피었단다. 죽어야 살아난다. 나를 통째로 내어주는 사랑이 대를 이어가는 자연의 섭리이고 과정이다.

하늘로 간 '나도 샤프란' 꽃을 좋아한 이가 이웃과 많이 나누었는데 언제인가 시들고 사라졌다면서 내 사진을 보고 추억에 잠긴 가족이 있었다. 예전에 찍어둔 꽃 사진을 카톡에 올리며 꽃시장에 가서 구입해 오려고 했는데 나눔이 되느냐고 했다. 반가운 일이다. 꽃을 좋아하는 마음은 한 없이 선할 거라고 믿어본다. '나도 샤프란'은 그들에게 추억의 '아빠 꽃'이다. 비닐봉지 가득 담아 성당 앞마당 성모님 상 앞에 봉헌하듯 놓아두어 가져갔다.

그 집안에 '아빠 꽃'이 가득해지기를 바란다.

시멘트 벌어진 사이에 민들레 싹이 비집고 나와 꽃피고 살듯이 어딘가로 나누어 갔던 '나도 샤프란' 꽃이 살아가는 이야기가 궁금해진다. 하얀 드레스를 곱게 입은 딸을 시집보낸 듯 보낸 꽃의 번성을 사진으로라도 확인하고 안부를 묻고 싶다. 그러나 묻지 말자. 줄 때까지가 내 마음이었으니 꾹 참고 그리움을 삭이며 기다린다.

식물이 주는 정서적 안정을 얻고 모두 마음이 따뜻해지고 잘 지내기를 바랄 뿐이다. 선善을 가장하지 않는 은은한 향기로 마음을 열어준 '나도 샤프란'에게 사계절 푸른 내 사랑의 마음을 보낸다.

나도 한 송이 꽃이 되어 가면서.
　(청색시대 제29집, 2023)

손가락 끝 별

가을비가 마른땅에 가랑비로 지나가더니 추워지고 어둠이 빨리 내린다. 일요일 늦게 문화센터에 가는 며느리 대신 손녀를 데리고 까치공원에 올라갔다.

"별이다! 아빠별, 엄마별, 아기별 찾아봐요. 할머니" "그래 큰 별이다." 오랜만에 하늘을 쳐다보고 별을 본다.

대전 엑스포 행사 후에 시설을 이전하여 과학 공원이 된 곳에 천체관이 있다. 반구 형태의 지붕 건물로 우주를 볼 수 있는 상영관이다. 63빌딩에서 본 아이맥스 영화처럼 입체적이어서 더욱 흥미로웠다. 우주를 날아다니며 별나라에도 가고 특히 달, 화성, 목성, 토성, 은하수까지 보면서 별똥별이 떨어지는 황홀한 광경은 장관이다. 블랙홀에 휩싸여 회오리치며 굉음을 내는 것에 무서웠던 것까지 90

년대의 내가 본 우주관이고 별자리였다.

컴퓨터가 발전하고 상영 기술이 많이 향상되었다. 양주시 장흥에 있는 송암 천문대를 다녀오면서 내 편협한 우주관은 바뀌었다. 플레네타티움에서 우주복을 입고 인공위성을 타고 달에 착륙하고 화성까지 날아가는 것은 실제로 경험한 것처럼 생생했다. 의자도 움직여 주니 더욱 실감 나는 우주여행을 하고 온 것이다. 태양의 강렬한 빛 속에도 목성의 할로고리까지 갔다. 나사가 한참 무인탐사기를 보낸 화성을 지나 무중력 상태에서 벗어나 지구의 태평양에 도착한 우주 왕복선에서 내린 나는 토성의 고리에서 본 멋진 영상을 잊을 수 없었다. 세상은 넓고 우주는 더 넓어서 나는 작은 티끌 같은 먼지임을 알고 겸손하게 살자 했는데 그동안 하늘을 쳐다보지 않고 살았구나. 도시의 밝은 불빛 아래서 맹인이 된 채 살았다. 우주의 별은 그 자리에서 빛을 발하며 밤을 밝혔는데, 의식 속에 들어오지 못한 별들이 손녀의 손가락 끝에 머물러 있었다.

천체망원경으로 보면 한낮에도 별이 보이며 계절에 따라 육안으로 볼 수 있는 별이 장소마다 다르다. 그리고 망원경을 볼 때 자연히 한 눈을 감고 찡그리고 본다. 두 눈을 뜨고 자연스럽게 보라는 것을 습관적으로 안 되었다. 자꾸 한 눈이 감긴다.

과학연수 때, 여름과 겨울 별자리를 공부하는 플라스틱 별자리판을 돌리면서 이론적으로 공부했다. 마지막 날 운동장에 모여 각자 학교에서 가져온 망원경을 설치했다. 직접 별을 보는 것이다. 평소에 다루지 못한 다양한 망원경을 설치를 못해 쩔쩔매던 것도 아쉬운 추억이다.

바람 부는 언덕에 올라 금빛으로 쏟아지는 별이 조선의 장영실에게도 보여서 혼천의도 만들고 기상 관측을 해낼 수 있었다. 지금은 슈퍼컴퓨터가 설치되고 인공위성이 높게 떠서 세상 참 편하게 혜택 받으며 산다.

손녀의 손끝에 걸린 작은 별들이 생활 속으로 스며들어 그리움과 사랑으로 빛나길 빈다. 손녀는 겨울 초저녁 퇴근하는 아빠를 마중 나와 품에 안기며 별을 보았던 것이다. 이제 어린 꿈이 밤하늘 가득 총총히 샛별로 되살아난다. (2017년)

천재야

편지를 한 통 받았다.

편지지 3장에 손 글씨로 가득 쓴 편지다.

손 편지가 얼마만인가. 감동에 설레어 내용을 읽기도 전에 무슨 일인가 싶어 마음을 졸이며 단숨에 읽어 내려갔다.

학기 초였으니 학부모의 자식 사랑이 가득한 내용이다.

"천재이오니 수업 중에 다른 질문을 하거나 딴짓을 해도 너그러이 봐 주십시오."

부탁치고 꽤나 부담스러운 내용이다. 그래서 그해 1년간 천재를 담임한 추억이 있다.

내가 만난 모든 아이들은 천재였다.

수업한 내용을 잘도 기억해서 시험을 보면 만점을 맞는가 하면,

어렵게 꼬여진 경시대회 문제까지 속 시원하게 답을 쓰는 영리한 아이들도 많았다.

쉬는 시간만 되면 비 맞은 풀잎처럼 살아나서 생기가 돌며 신나게 떠드는 아이들도 놀이 천재였다. 책상을 뒤로 밀어 놓고 공기놀이를 하거나 나무젓가락으로 콩을 줍거나 바둑알로 오목이나 알까기를 즐기면서 질서를 찾는 것은 더욱 어려운 과정인데도 어른들보다 더 규율을 잘 지킨다. 자유를 즐기면서 질서와 의무를 배워가는 과정이 매우 중요한 일이지만 그래도 끊임 없는 유혹에도 굴하지 않고 올곧은 대나무처럼 쑥쑥 자라는 아이들이 모두 천재였다.

내 자식들 키울 때는 그들이 천재의 기능이 있는지도 모르고 살았다. 공부도 열심히 하고 말썽을 피우지 않아서 물 흐르듯이 지내온 것 같다. 내 관점으로 만족하지는 못해도 또래 속에서 많이 노력하는 모습이 보였다. 언제인가는 빛을 발하는 날이 오리라 은근히 기대하였다. 그날이 언제일지 몰라도 나이든 부모 마음이 모두 다르겠지만 그런 믿음으로 살아가는 것 같다. 자식에 대한 믿음이 삶의 지팡이가 되어 인간으로 의지하는 그런 관계가 된다.

희망이라는 단어가 희석된 노년에는 더욱 절실해진다.

100세를 바라보는 친정아버지는 전화할 때마다 너희들이 열심히 잘 살아 주어서 내가 건강하고 마음이 편안하다고 한다. 그 말을 들을 때마다 내 칠십 평생 지난날의 긴 그림자가 어른거려서 마음이 아려온다. 숨겨진 내 속의 또 다른 나를 일으켜 세우는 계기가 된다. 자식들의 천재 기능이 특별한 것이 아니라 평범하면서 사랑과 믿음이 가득한 가족의 관계임을 다시 알아간다.

손녀와 손자가 가까이 살아서 자연스럽게 친밀하게 지낸다.
아이들은 공룡의 이름을 잘 외우고 특징을 내게 설명해준다. 나와는 대지도 못하게 똑똑하다. 누구에게 대놓고 말은 하지 않지만 나도 모르게 이런 천재가 있나 하고 감탄하면서 좋아한다. 눈이 멀면 기준이 없어진다. 이런 내가 약간 도가 넘은 것 같아서 우습다. 해리 포터 영화를 함께 봐도 내 좁아진 시야보다 폭이 넓게 이해하고 많은 주인공 이름을 대면서 내용을 이야기할 때는 5살 손자가 귀여워 온 세상을 다 가진 듯 행복이 넘친다. 아들이 한마디 거든다. "어머니 우리도 그만할 때 했던 행동에 불과한데 그때는 바빠서 안 봤을 뿐이에요. 지금은 손자를 자세히 바라보니 오죽하겠어요."
말하는 대로 이루어진다 하지 않던가.
증조할머니는 어린 나를 '별것'이라고 했다는 전설 속 이야기를 전해 들었다.
손이 귀한 집안에 증조할머니, 할머니, 어머니, 그리고 나였다. 줄줄이 여자만 있다. 50년도의 남아선호 사상이 극심한 시대에 나는 그냥 찬밥이었다. 그래서 증조할머니는 '별것'이란 칭찬으로 돌돌 말아서 사랑을 펼쳐주었다. 지앙상(삼신상)에 간절한 소망을 빈 것은 '할머니에게 연타고 귄(귀염둥이의 방언) 태우도록' 해 주기를 빌었단다. 사랑 받았던 증조할머니의 얼굴을 잊어가며 나의 '별것'은 흔적도 없이 사라졌다.

이제 나도 사라져 전설이 될 날이 다가올 것이다. 아들 혼자서 외롭게 헤쳐 나갈 세상에 지기 하나를 만들듯이 손자가 태어나기를 몹시도 원했던 이야기는 웃으며 날려 보낸다. 증조할머니의 바람이 지금의 현실이 되었다. 그래서 내 손자의 천재성을 끌어 주고 보듬어서 희망의 등불을 밝히고 싶다. '별것'의 또 다른 별것이 되는 내림이 있어 손자의 꿈이 펼쳐지는 넓고 아름다운 또 다른 세상을 기다려본다. 천재는 환경에 영향을 받아 만들어지기도 한다는 말이 있다. 우리 곁의 모든 천재들이 부모의 천재가 아닌 주어진 여건을 이겨내고 스스로 일어나는 삶의 천재이기를 간절히 바란다.

(2023년)

제3장

저축한 햇볕

2024. 6. |킨O

저축한 햇볕

내 마음에 머문 사람

친구는 얼굴보다 노랫소리가 곱다. 가지런한 하얀 이를 드러내며 밝게 웃던 모습이 다정했다. A 친구 집 작은방에 둘이서 자취를 시작했으니 친구 셋이 모여 사는 셈이다. 이십 대 초반의 감수성이 팔딱이던 시절이었다. 조금만 건드려도 웃고 떠들며 싱그러운 재미가 쏠쏠했다. A의 어머니가 서울 아들네에 가면 그 집은 우리들의 천국이 되었다. 셋은 함께 출근하는 직장인 학교 이야기로 꽃을 피우다가 기발한 발상에 손뼉을 치며 좋아했다.

신나게 놀 수 있는 〈목요일 밤 모임〉을 만드는 것이다.

동료로서 '마니또'처럼 서로 돕는 것이다. 환경정리, 연구수업발표에 아이디어를 제공해주고 자료제작을 함께한다. 업무는 도서실인 내 교실에 모여 서로 처리하고 내용을 공유하여 결원일 때 도움을 준다. 목요일에 퇴근은 20분 전에 미리 준비하여 일감 없이 홀가분하게 셋이 나란히 집까지 걷는다.

목요일 밤에 막걸리를 한 주전자 준비한다. 물론 맛있는 먹을거리 재료와 특식이 마련되었다. 반찬은 주말에 집에서 가져오고 석유 곤로에 밥만 지어 먹던 때라서 과자와 과일이 주로 먹던 특식이었다. 김부각이나 명태 말린 것을 두드려 부드러워지면 고추장에 찍어 먹었다. 무엇이든 소화되고 맛있었다. 주제가를 만들었다. 당시 유행하던 '토요일 밤에' 노래를 개사하여 불렀다. "긴 머리 짧은 치마 아름다운 그녀를 보면 무슨 말을 하여야 할까 오 목요일 밤에 목요일 밤 목요일 밤에 나 그대를 만나리 목요일 밤 목요일 밤에 나 그대를 만나리라."

목요일에는 마을친구와 동료들도 함께 해주었다. '사자산'으로 포도밭으로 읍내로 몰려다녔다. 하고 싶은 일을 목요일 밤 달빛을 받으며 만들어갔다.

그런데 조금씩 든든하던 우정에 틈새가 생겼다.

함께 자취하는 친구의 속옷이 없어지기 시작했다. 처음에는 내 옷가방에 있는가 하고 뒤지며 찾았다. 없었다. 그 다음에는 내 것도 사라졌다.

그때는 급여가 작아 분실할 돈은 없었지만 자꾸만 속옷이 없어지니 친구와 나는 몹시 불안했다. 집에 갈 때는 문단속을 잘 하고 찬장을 옮겨 문을 열더라도 침입을 못하게 막았다. 그렇게 6개월이 흘렀다. 시계가 없어지고 돈도 분실되자 집주인인 A 친구에게 알렸다. A 친구는 사랑채에 사는 친척 조카들을 의심한다고 화를 내었다. A 친구는 못 살겠으면 이사를 가라고 했다.

그날 이후 우리 둘은 다른 집으로 옮겼는데, 그냥 단칸방이어서 힘은 들지만 노인 부부 방이 가까이 있어 안심을 했다. 그런데도 또 속옷은 없어졌다.

J읍에서 '이웃돕기 음악 발표회'에 노래를 부르고 오니 살림살이를 온통 뒤져 놓았다. 우리는 대책을 세웠다. 토요일에 나만 집에 가는데 친구랑 마을을 지나가고 친구는 되돌아 와서 집에서 잤다. 그날 밤 범인은 잡혔다.

월요일에 친구는 내 앞에서 빌게 하고 그동안 가져 간 것을 모두 가져오라고 했다. 그런데 죽은 어린 여동생을 위해 우리 옷을 가져다 불태웠다고 한다. 그 말을 믿기에는 석연치 않았다. 속옷이 죽은 이를 위해 불태워졌다는 사실에 불안하고 무서움이 극에 달했다. 고등학생인 범인을 보호한다고 친구는 집 근처 돌담이 있는 보리밭에서 이야기를 했다. 무릎을 꿇어 비는데 오싹했다. 정강이 정도 자란 청보리가 바람에 흔들릴 때마다 세 사람의 그림자까지 마음이 심란했던 일이다.

우리는 결혼과 육아 그리고 바쁜 삶을 사는 세월의 강을 수도 없이 건너 갔다. 언제든 꺼내면 우수수 떨어지는 기억을 마음에 쌓으며 점점 멀어졌다. 언제인가 한밤중에 승진을 축하한다는 전화를 받았다.

흘러간 시간만큼 할 말을 잊었던 순간이다. 멀리 목포에서 살아간다는 간단한 소식이다. 동생들도 동창이어서 연결되어 소식을 듣고 내 목소리를 듣고 싶었다고 한다. 언제인가 한 번은 만나고 싶다며 서로 아쉬워했다.

세월이 흐른 어느 날, 호스피스 병동에서 봉사하는 아재로부터 소식을 들었다. 호스피스 병동에서 내 친구를 만났으며 가족 만남을 거부해서 쓸쓸히 딸이 마지막을 지키더라고 한다. 내 이야기를 해볼까 몹시 망설였다고 했다.

세상을 거부하며 마지막 길을 힘겹게 걸었을 친구가 안타까웠다.

만감이 교차하여 앨범을 뒤졌다. 근무복을 입은 사진이 변색되어 행복한 미소로 여전히 반긴다. 아재는 나를 대하듯 최선을 다해 도움을 주었다는데 나는 다리에 힘이 풀리며 주저앉았다.

잔치에서 색소폰의 흐느끼는 가락에 나는 아찔하게 살아나는 추억 속으로 들어갔다. 친구가 부르던 노래가 생각났다.

'바위 고개 언~덕을 혼자 넘자니~ 옛~님이 그~리워 생각납니다.'

그리워진다. 목요일 달빛이 비추는 자연 앞에서는 거창한 무대가 되어 가수 같던 친구의 노랫소리가 귓가를 맴돈다. 내 마음속에 잠든 우정이 깨어날 때 '그래 아직도 우리는 '사자산'을 걷고, '제암산'에서 달린다. 편히 쉬어라.'

내 마음에 머무르며 하얀 나비로 친구는 훨훨 날고 있다.

달빛이 환한 창가에서 주기도문을 수없이 바친다. 친구가 날아간 그곳이 꽃길의 천상이길 간절히 빌어본다. (2019년)

창문을 열고

자연 앞에 선 사람들은 겸손을 배울 수밖에 없나 보다.

가뭄이 계속되다가 장마가 오고, 국지성 호우 때문에 홍수가 나서 살림살이를 몽땅 길거리로 내놓고 씻어 말리는 모습이 TV 화면 가득하다.

창문을 열고 환기를 시키는데 매미 소리가 극성스러워 무슨 일난 줄 알았다. 17층에 난간만 있는 복도로 나가 하늘과 아스라한 땅을 내려다보니 매미 소리가 따갑게 들린다. 숲이라고 하기에는 보잘것없이 느티나무와 은행나무 몇 그루가 그늘을 만드는 곳에서 저런 매미 소리가 울리는 것에 자연을 거슬려 산다는 우리 삶이 되돌아봐 진다.

구불거리던 옛길은 시원하게 곧장 달리는 고속도로가 되었다. 산의 허리가 싹둑 잘려서 시간을 단축시켰다. 절벽이 된 산은 인내의 한계를 넘어 산사태를 불러왔다. 여행하다 보면 아찔한 절벽을 지나는 아스팔트길에 '자연을 너무나 거슬렸어' 하는 생각이 든다.

새로 개통한 강남순환고속도로 지하터널은 30분을 단축하였다. 지하의 빠르기를 자동차로 달려보면 실감할 수 있다. 지하를 달리는 시간이 어찌나 긴지 운전을 하지 않아도 습관적으로 동굴의 빛을 향한다. 초집중된 눈과 발이 오글거리며 피곤해졌다. 나도 모르게 긴장하여 운전을 열심히 한 후유증이다. 신호등 없이 달리는 지하 길은 시간 단축의 효과가 만점이다.

하지만 터널을 만들면서 자연은 가만히 있었겠는가 생각해 본다.

16좌의 산을 정복한 산악인은 '산 정상을 정복한 것이 아니고 자연이 잠시 그곳에 나를 서게 허락했다' 한다. 자연 앞에서 겸손하게 받아들이는 말이다. 등산하는 것도 자연의 허락을 받아야 한다.

매미의 울음소리가 저리 시끄러워진 것도 이유가 있다. 도심의 온도, 습도, 빛이 매미에게는 최적의 환경을 제공한단다. 그리고 매미를 잡아먹는 포식자가 감소해서 번식률이 높다. 도시의 조그마한 녹지 공간이 개체 수를 늘어나게 해서 저렇게 시끄러운 소리를 내고 있다. 벚나무와 플라타너스 나무를 매미는 좋아한다. 긴 여름날에 매미 소리도 자연 음악으로 생각하며 지내야 맘이 편할 것이다.

손안의 작은 컴퓨터인 핸드폰에 빠져서 핸드폰 없이는 하루도 살 수 없다.

마술을 부리는 것인가? 신의 영역까지 도달한 것처럼 인간의 한계를 느낀다.

기계가 인간을 넘어서고 있다고 하지만 컴퓨터를 만든 이는 인간이다.

데이터 수집! 이것이 문제로구나.

또 다른 자연 재해처럼 우리 주변에 도사리며 함께 하고 있다.

은행에서 통장을 만들며 내 자료의 사용에 대해서 동의한다. 그렇게 무심히 동의 한 내 자료가 해킹의 먹잇감이 된다.

부동산 중개업소가 된 직방, 다방 하면서 쉽게 전세, 매매를 안내받아 계약을 할 수 있다더니 개인자료를 모아서 돈을 받고 넘겼다는 뉴스도 나온다. 보험회사가 개인자료를 중국에 넘겨서 정보유출이 된 것도 자연재해로 쳐도 되는 것이다. 인터넷에서 개인 자료가 둥둥 떠다닌다. 세탁소에 옷을 맡겨도 전화번호를 기재하고 마트에 포인트 카드를 만들어도 개인 자료가 남발된다. 홈페이지도 전에는 개인 사진에 이름까지 나와서 모두에게 알림장이 되었는데 지금은 로그인 안 하면 볼 수가 없다. 개인 정보를 보호한 것이다.

내 자료가 유출되어서 법적으로 문제가 되기도 하고 개인적인 손해도 뒤따른다. 편리함은 또 다른 역기능을 동반한다.

손가락 하나에 악몽 같은 댓글이 되기도 하고 웃음과 용기를 나누는 대화의 창이 된다. 요술 상자 같은 인터넷이 손안에 들어와 핸드폰 기능을 향상 시키며 숱한 이야기를 탄생시킨다.

도시의 넘쳐나는 자연에 순응하지 못한 모든 것이 창문을 열면서 내게로 들어와 달라 붙는 듯해서 갑갑해도 창문을 닫는다.

도시인에게 극성스런 매미 소리가 낭만적이지 못한 것처럼 인터넷 창에서 불필요한 것을 닫는다. 창을 열 때는 쉬웠지만 답답하게 닫을 것인가 열어 놓을 것인지 그것이 문제로다. (2018년)

낮달맞이 꽃

길섶에 연분홍 꽃이 활짝 웃고 있다.

주변의 억센 풀들 속에서 곧게 솟아난 꽃대 하나가 바람에 하늘
거릴 때마다 마음을 훔쳐 간다. 꽃에 관심이 많은 나를 흔들어 대
는 연분홍 꽃의 이름을 몰라, 통성명 못한 사이로 눈짓으로 첫인사
하고 지나다녔다.

수필반에서 낮달맞이 꽃에 대한 이야기를 듣고 나서 인터넷에서
찾아보았다. 낮달맞이 꽃이 내게로 다가왔다. 씨앗으로 번식하며
번식력이 좋아 한번 심으면 매년 새싹이 나오며 꺾꽂이로도 가능하
다고 했다. 잡초 속에서도 매년 번식하여 꽃을 보는 재미가 있어 이
듬해 따뜻해진 늦은 봄에 꽃 순이 가득해진 가지를 꺾어 왔다. 유
리컵에 차가운 수돗물을 담아 베란다 화분 그늘에 놓아두었다. 얼

마 후 물속에 잠긴 가지 끝에 조그마한 뿌리가 보이기 시작했다. 물 위의 봉오리가 꽃을 피우며 뿌리는 손가락 마디만큼 자라 나와서, 물 빠짐이 좋고 영양분이 가득한 화분흙에 정성스럽게 심었다. 꽃 가지 하나로 시작된 분양은 매년 주변 지인들의 화분에 가득 담겨 퍼져나갔다.

　나는 살아 있는 동물을 기르는 것보다 식물을 기르는 것을 무척 좋아한다. 내게 매달려 달려들지 않고 양심이나 도덕적으로 별 다른 문제를 일으키지 않아서 인지, 아니면 돌봄에 힘이 들지 않은 채 사계절 변화무쌍하게 성과를 바로 보여주어 그런지 화초 기르기가 너무나 좋다.

　남자 아이를 입양했다며 업고 왔던 학부형을 만났을 때처럼 당황 했던 기억이 스물 거려서 이마로 흘러내리는 머리카락을 쓸어 넘긴 다. 담임을 하던 해에 아들 하나인 어머니가 갓난아이를 데려왔다. 형제라고 관계 짓기에는 초등학교 학생과 갓난아이는 나이 차이가 너무 심했다. 어머니에게도 늦은 나이에 갓난아이를 키우는 수고로 움이 많았다. 아이 하나로 가정에 웃음과 사랑이 넘치는 모습에 마음의 응원을 보냈다. 학부형 회의와 청소가 있는 날에는 어김없이 어머니와 함께 학교에 나들이 오는 아기에게 해맑은 웃음과 사랑이 가득하기를 간절히 바랐다.

그 행복의 순간이 변하지 않고 영원할 줄 알았다. 그런데 학년이 마무리 지어지는 겨울의 추운 날 어머니는 울먹이면서 임신이 되어 파양했다는 소식을 안고 왔다.

아이의 모습은 볼 수 없이 되었지만, 파양 후에도 가족이 가서 돌보면서 마음을 다스린다고 했다. 아쉬운 마음은 숨길 수가 없었다. 내 일이 아니라서 잊어버리려고 해도, 기억과 추억이 버무려져 안타까움만 넘쳐났다. 그 뒤로 세월은 흘러서 TV에서 입양에 대한 이야기가 나오면 나도 모르게 마음이 울렁거린다.

그런 이유로 개나 고양이 등 동물을 기르는 데는 자신이 없었다. 애완동물 대신 식물에 관심을 두는 원인이기도 하다.

식물은 말없이 손짓하고 곱살스레 바람에 흔들리면서 마음을 안정시키는 마법을 부린다. 바라만 봐도 좋은 향기가 스민다.

낮달맞이 꽃도 연분홍 꽃잎에 십자가 수술을 달고 은은한 향기를 풍기는 모습이 꽃이 피는 순간은 요정이다. 분홍 날개를 단 천사이다.

추운 겨울 동안 베란다에서 싹을 키우며 시간을 쌓아올린 가지를 아파트 야외 큰 화분에 옮겨 심으면 멋진 꽃을 여러 사람이 지나다니며 감상하는 기회가 된다.

사람들은 서로 만나고 헤어지며 서로의 기억 속에 좋은 감정을 주고받는다.

나름대로의 관계 형성에 좋은 기억이 쌓여서 아름다운 추억으로 하늘까지 가져가는 보물이라고 한다. 사람의 죽음은 숨이 멈추는 때가 아니라, 누군가 마지막 추억이나 기억을 생각하지 않을 때 비로소 죽는다는 말이 있다.

지금까지 내가 힘들게 살아 왔다고만 생각했지 좋은 추억이나 기억으로 남는 일에 최선을 다하지는 않았던 것이다. 꽃이 짧은 시간 동안에 좋은 추억과 기억으로 버무려서 시들어도 오래 남아 향기를 뿌리는 것처럼, 나도 낮달맞이 꽃으로 향기로운 추억을 쌓아 간다. (2024년)

생선을 팔았다

‘수산시장 갈 때가 되었나?’ 하고 준비를 시작한다.

마음이 허전해지면 먹을거리를 갈아치워야 할 듯 생선이 먹고 싶어진다.

고향이 바닷가도 아니다. 직장 따라서 신안 장산도에서 5년을 살았던 일로 싱싱한 생선을 좋아한다. 바다에서 갓 잡아 올린 생선의 맛을 잊을 수 없다.

나는 몇 달에 한 번은 바퀴 달린 수레를 끌고 수산시장에 간다.

이른 새벽에 가는 길이라서 단단히 준비를 한다.

버릇처럼 지폐는 고액부터 잔돈까지 챙기고, 메모지에 먹고 싶은 생선 이름을 쭉 써 내려간다. 가족의 기호도 생각하면, 배려를 넘어 사랑으로 포장하며 선물이 되는 것이다. 비린내가 배어도 세탁이 쉬운 옷도 챙겨 두면 출발 준비가 된다. 주머니가 두둑해지고 먹고 싶은 생선의 종류가 늘어나는 날 새벽 마침내 빈 수레를 끌고 수산시장을 향한다. 가족이 모두 좋아하는 모습을 생각하며 컴컴한 새벽을 밝게 열어본다.

지하철 9호선 급행을 기다리는 이른 새벽의 고요가 행복으로 가득해진다.

출근하는 이들 속에서 무임승차를 눈치 받지 않으려고 입구에서 비켜서서 흔들거리며 간다. 지하철에서 내려 걷다보면 비닐포장으로 하늘이 막혀 터널 같은 골목길에는 할머니들의 야채 가게가 오른쪽으로 즐비하다. 알록달록한 삶을 거슬러 올라가듯 수레를 왼쪽으로 밀고 간다.

수산시장 앞에 서면 깨끗이 새로 지은 상가와 초라하게 남은 옛날 상가는 10발자국 정도 거리에 나란히 있다. 개장 처음에는 입구에서 갈등을 겪었다. 새 시장으로 갈까 익숙한 곳으로 갈까 그래서 새 시장을 둘러보고 물건은 익숙한 곳에서 구매하다가 이제는 곧바로 새 시장으로 들어간다. 깔끔하고 가격 차이도 나지 않으니 갈등하지 않는다. 입구 쪽부터 해수를 가득 채운 거대한 수조 앞에 나도 모르게 기분 좋은 물고기처럼 헤엄치며 구경을 한다.

경매로 떠들썩한 모습은 이른 새벽에 볼 수 있는 재미있는 광경이다.

숫자가 써진 박스와 싱싱한 생선이 가득한 스티로폼 상자들 옆에 상인들이 웅성거리는 모습이다. 치열한 경쟁을 한눈에 보는 듯해서 내게도 활력이 전해져 온다. 경매가 끝난 생선을 도매가에 상자로 구입할 수 있는 기회가 온다. 그것도 시중보다 훨씬 싸다. 덥석 구입 했다간 무거워 힘이 들고 집에 와서 처리가 문제가 된다. 구입할 항목을 적은 자료가 요긴하게 필요한 때이다. 싱싱한 생선들이 눈알을 번득이며 유혹해도 구입할 계획대로 하고 돌아서야 한다. 살아가면서 하고 싶은 대로 모두 다 할 수 없듯이 올바른 선택을 하는 축적된 지혜를 나름대로 발휘할 때이다.

구입할 때의 선택은 언제나 미련을 남긴다.
생선을 사 와서 씻다 보니 너무 많다. 검정 비닐봉지에 가득 담긴 생선을 처리하는데 난감하다. 생선 비린내가 부엌 싱크대 위에 가득하다. 욕심껏 골라서 사온 생선을 싱크대 위에서 해부하고 씻어서 소금 간을 하였다. 주방 곳곳에 튄 비늘이 마르면서 들러붙어 비린내가 진동한다. 절제를 한다고 메모지가 주머니에서 구겨지도록 들락거렸지만 상자로 사 오는 것이기에 양은 많고 값은 너무 싸다. 궁리 끝에 아파트 지인들에게 전화를 해서 생선을 팔았다.
팔고 남긴 3마리의 생선으로 점심에 반찬을 만들었다. 모여서 먹는 점심이 맛이 있다고 모두 좋아해서 이익금 만 오천 원이 더욱 많아 보였다. 생선에 대한 허기가 입맛으로 충족되고 나누는 행복이 마음으로 스며든다.

소시민이 모여 살기에 그런 것이다. 사십 년을 넘게 살아온 원주민이라는 분들에게는 편리하게 구입하는 것보다 싱싱하고 값도 저렴한 것을 너무 좋아한다. 이익금으로는 매일 오는 과일을 파는 트럭에서 사과를 사서 함께 먹었다. 싱싱한 생선을 나누고 사과 향기까지 풍기다 보니 살아가는 힘이 어깨 동무하며 폴짝 거린다. 골목길을 "나란히" 노래를 부르며 누비던 기분이다.

이웃과 어울리기 쉽지 않은 삭막한 아파트의 분위기가 사라지고 모두들 웃는 모습을 본다. 생선을 팔아보기는 처음이지만 이것 또한 좋은 경험이며 봉사다. 가족만 생각하던 나는 좁은 골짜기에서 갑자기 넓은 들판으로 나온 것처럼 이웃사랑의 의미를 깨닫게 된다. 작은 일상이 모여서 사랑스러운 삶이 된다. (2018년)

김장 했나요?

으스름한 호롱불이 창호지 바른 방문 틈으로 들어오는 바람에도 흔들린다.

무채 써는 소리만 일정한 간격으로 들리고 머리카락을 감싼 타월 수건과 음식 할 때는 말하지 말라는 엄명에 꼭 다문 입이 추억 속의 김장 준비였다. 산더미처럼 쌓인 절인 배추를 친척들까지 모여 버무린 김장은 장독 가득했다. 김치냉장고 없던 시절 여름까지 보관할 김치는 양념은 적게 간은 강하게 했다. 한여름 시원한 샘물에 밥 말아 묵은 김치를 얹어 먹었던 칼칼하고 깔끔한 뒷맛이 여운을 남기며 혀끝에 아직 남아 있다.

대나무 광주리에 가득하던 재료들 모두 밭에서 길러 수확한 천연 재료였다. 요즘처럼 포기를 정해서 셀 수 없는 자급자족한 배추는 그냥 푸른 풀 더미였다.

멸치젓갈을 넣은 양념 반죽과 야채가 가득한 양념 소는 따로 만들어 반죽에 버무린 배추에 양념소를 켜켜이 넣는 방식의 김장은 긴 겨울 동안의 반찬이며 양식이다.

봄 멸치를 소금에 절여 가을에 고소하게 익은 멸치젓갈은 통째로 놓고 살만 위아래로 추려서 양념하여 배추쌈을 해도 참 맛있었다. 배추의 달콤함에 녹아드는 고소한 짭짤한 멸치젓은 거칠게 까끌거리는 여름철 무 잎에도 어울리는 쌈 재료이다.

그런데 93년도에 안양으로 이사 오면서 멸치젓갈은 향수로 남고 새우젓이 김치에 서서히 들어왔다. 중3 딸이 도시락에 김치 담아가는 것을 거부했다. 강한 멸치젓갈 때문이라고 대놓고 싫어했다. 중앙시장에 가서 새우젓을 사와 김치를 담았다. 시원한 중부식 김치였다. 하지만 젓갈만 바뀐 절충식이다. 40년 넘게 입맛에 배인 기억을 쉽게 버릴 수는 없었다. 그리고 친척들이 주는 멸치젓은 아주 조금씩 베이스로 깔았다. 모르게 살짝 맛을 이어갔다. 김장의 맛은 젓갈이 좌우한다.

11월이 되면 "김장 했나요?" 하고 물었는데 어느 순간에 "지금도 김장 하나요?"가 되고 "00김치가 맛있어요"도 나오고 고생스러우니 김장하지 말고 골고루 주문해서 간단히 맛있게 먹으라고 권해준다. 그 바쁘던 시절에는 든든한 친정 김치, 큰형님 김치, 막내 동서 김치로 연명하면서도 배추 다섯 포기로 김장 흉내를 냈으니 지금 생각해 봐도 몹시 힘이 든다.

지인은 아내가 김장하는 것을 너무 힘들어 해서, 10년째 주문 김치를 배달하고 결혼한 딸에게도 보내서 김장 문화는 간단하게 해결했다고 자랑한다. 하지만 학교급식에서 사 오는 김치를 많이 먹어 본 경험으로는 아니다 라는 결론을 낸다. 김장은 집안의 문화이고 각자 다른 솜씨이며 맛이다. 따뜻하게 수육도 삶고 맛있게 버무린 김치를 쭉 찢어서 깨소금 듬뿍 묻혀 감아 먹는 맛이 번거로움에 견줄 것인가? 가을이 깊어지면 "김장 했나요?" 하며 살랑살랑 김장 바람이 마음 한가운데에서 모락거리며 돋아나는 것을 어찌 참아낼 수 있으랴. 손쉬운 절임배추 상자보다 싱싱한 배추를 뒤적여서 잘 생긴 것으로 골라 사 오는 것이다. 맛있을 것이라는 묵직한 믿음이 함께 딸려온다. 점심 급식에 남은 김치를 가져와 밥상에 올려놓으면 금방 맛을 알아보고 손이 가지 않는 가족을 위해 열 포기 김장도 정성껏 마련해 본다.

어느 해에는 큰형님이 집에 와서 준비해 놓은 김장을 해주어서 맛있고 좋았다고 자랑했더니 다음 해에는 친정어머니가 맛있는 김장을 배우라며 도와주었다. 배추 포기 사이에 무를 1.5cm 두께로 둥글게 썰어 넣어두면 간 맞추기 힘든 것에 좋다고 한다. 상차림에도 깍두기처럼 또는 모양내어 배추김치와 어울리게 종합세트로 장식하라고 했다. 나는 번거로워 도마를 사용하지 않고 가위 하나로 해결한다. 김치 접시가 민망해서 비닐장갑 끼고 쭉 – 찢어서도, 가위질도 모양지게 하라는 당부가 귓가에 맴돈다. 그런 사소한 것까지 가계부에 열심히 기록하고 배웠다. 어느 해에는 친정 큰고모가 와서 쪽파는 썰지 말고 양념해서 배추 포기 위에 얹어놓고 무, 양파, 당근, 사과는 갈아 넣으면 배추에 맛이 배어 더 좋다고 하여 한참을 배웠다. 도와주는 사람에 따라 김장의 맛이 변화되고 새로워진다.

김장을 못하다 보니 모두가 걱정이고 도와주었다. 직장에 매달려 못하는데 김장은 양이 많아 멀리서 조금 보내주기보다 준비해두면 사람이 와서 맛을 내주고 가는 것이다. 이제는 모두 돌아가시고 내 손끝에 전수해준 맛에 향기로 조금 남아있다.

김치 냉장고가 잘 나와서 한여름까지 먹고도 남을 양을 준비한다는데 올해도 마음속에 남은 인정의 그리움을 가득 채울 김장 열 포기를 해야겠다. 아주 맛있게. (2022년)

가발과 염색

    친구는 가발 가게를 찾는다. 언제인가부터 정수리 머리가 빠져서 맨살이 드러나 보였다. 내가 곁에서 보기에도 모자를 쓰거나 긴 옆 머리로 덮어도 모양새가 나지 않는다. 머리가 난다는 보조기구 헤어 빔을 구입하여 머리에 매일 18분 동안 사용을 하는데도 차도가 나지 않았다. 71년도에 내가 만든 가발 생각이 나서 지금의 짧은 내 머리에 빗질을 해댄다. 헤어스타일은 마음을 반영한다. 염색하지 않아서 머릿결이 상하지 않았다. 참으로 다행이라 여긴다.

    긴 머리 짧은 치마를 입은 소녀가 상큼하게 걷는 모습과 짧은 머리로 보이시한 스타일이 되었던 미장원에서 한 시간 동안의 변화다. 마음이 변하면 머리 모양이 다양하게 변모한다고 한다. 그런데 내 뜻이 아니라 권고에 의해서 가발을 만들었다. 가발을 미장원에 맡거 두면 필요한 이에게 대여를 한다는 것에 동의했다. 가발은 미장원에서 만들어 보관했다. 검은 생머리가 잘려서 갈색이다가 연한 갈색으로 변해서 쓸모가 없어져 사라졌다는 후일담만 듣고 말았다. 한 번도 착용하지 못한 그때의 가발은 가물거리는 기억 저편에만 있다. 삭발식을 겸해서 긴 머리를 앞으로 늘어뜨리고 사진을 찍어 두어서 지금도 가발을 만들었던 사실이 흑백사진으로 남아 있다.

가발을 만든 한여름이 지나고 9월 초에 첫 발령장을 받아 초등학교에 부임을 했다. 동창 친구와 함께였다. 긴 생머리를 휘날리며 인사하는 친구와 다르게 나는 짧은 커트에 선 머슴아 같은 모양새는 단정한 옷차림으로도 감싸 주지 못했다. 새로 부임한 여선생님은 운동선수 같다고 하던지 활발해 보인다고 내 앞에서는 포장된 말이 들리지만 마음은 씁쓸했다. 가발 만든 삭발식 이후로 내 머리는 그렇게 긴 머리로 길러 보지 못했다. 머리모양은 각자의 개성과 멋을 내는데 큰 몫을 한다. 골목마다 미장원이 즐비해도 파마를 하려면 17년째 단골인 000미장원을 찾아 간다. 자동화가 많이 되었다고 하지만 인력으로 세세히 손질하는 머리 스타일은 손끝에서 피우는 예술이라고 생각한다. 긴 세월 동안 내 머리에 공을 들여 주어서인지 손상되지 않고 유지되는 것에 단골이 되었다.

"큰길가에서 하던 미장원이 자꾸만 골목으로 들어와요."

골목 안 자기 건물에서 조그맣게 혼자 하는 단골미장원이다. 원장 겸 미용사는 듬직해 보이는 중년 여인이다. 큰길의 상가에서 월세를 감당 못하고 미장원이 자꾸 골목 안에 새로 생겨난다는 것이다. 내 머리에 파마 롤을 말아주고 머리를 자르러 온 손님을 의자에 앉히고 머리 모양을 어떻게 할까를 묻는다. A라인으로 잘라만 주고 양쪽을 깊게 파주라고 하는데 전화가 왔다. 손님은 대충 설명하던 머리 스타일보다 핸드폰 통화에 온 신경을 쓰고 아주 나긋한 음성으로 별로 중요하지도 않는 듯 들리는 이야기를 계속 이어갔다. 그러다 통화를 끝내고 거울을 보더니 갑자기 크게 소리를 지른다.

"이게 뭐예요? 내 뒷머리, 으악! 잘 자라지 않아서 1년 넘게 겨우 길렀는데 이걸 어쩌나!"

A라인 커트의 소통은 되지 않고 결과가 언짢게 되었다. 통화에 열중한 손님의 머리는 미용사의 정석대로 잘리고 손님은 끝만 정리해 자르는 것으로 소통이 안 된 결과가 되었다. 나도 곁에서 거들어 줄 수 없어서 잘 키운 화분의 화초에 눈을 두고 말았다. 자른 머리를 붙일 수도 없다는 이에게 그럼 붙여 드릴까요 하더니 중화제 바른 내 머리를 감기러 세면대로 갔다.

'에이 라인으로 잘랐을 뿐인데'라며 중얼거리더니 갑자기 큰소리로

"잘못했어요. 언니!"

"하 이걸 그냥 어쩔 수가 없네, 뭐…."

"드라이를 예쁘게 해 드릴게요."

쌓였던 우울한 기운이 잘못을 인정한 한마디에 분위기가 환해졌다. 계산을 하고 나가는 손님이 너그러워 보이고 잘못을 인정한 미용사는 눈부신 축복을 받았다. 솜씨 좋은 손으로 파마를 잘 해주어서 고맙다는 내 곱빼기 인사를 받으며 17년 만에 처음으로 미용사의 고충을 고스란히 연극처럼 보여주었다.

대학에 입학한 아들이 염색으로 노란 머리를 하고 귀걸이까지 달았다. 공부만 하는 평범했던 모습에서 반항아가 된 낯선 상황이 받아들이기 어려웠다. 가족들은 웃음으로 버무려서 '그래 자유를 맘껏 누려 봐라' 했다.

나는 어떻게 말을 해야 할지 아리송해서 그 모습으로 큰집과 외갓집에는 가지 마라고 했다. 머리카락은 자르면 자라고 염색을 해도 까만 밑머리가 샘솟듯이 나오는 이치이지만 민망한 것을 어쩌지 못했다.

2년 동안 그렇게 지냈는데 친척들이 우리 집을 방문할 때마다 아들에게 말했다. 경험이 중요하다. 무엇이든지 할 수 있을 때가 지금이니 하고 싶은 것 모두 해 보라고 했다. 뒤돌아보니 군에 입대하고 노란 머리는 잘리고 사라져서 지금은 본래 머리대로 깔끔히 정리하고 회사에 잘 다닌다. 한때의 노란 머리를 살아가는 과정이듯 사진으로 보면서 좋은 추억을 되새길 것이다. 가발과 염색은 서로 차이가 나지만 머리로 이어지는 연결고리가 있다. 엄마인 나도 아들도 마음에서 자라는 파릇한 풀잎처럼 싱싱한 기억과 추억이 나풀거린다. 가발과 염색은 미장원이라는 장소에서 좋은 만남이 있었기에 만들어지는 우리네 일상이다. (2020년)

기정떡

사람들은 입맛에 맞게 특별음식을 준비한다.

어렸을 때 맛있게 먹어본 경험이 어른이 되어도 찾는다고 하는데 내게는 얼마나 잊지 못할 특별음식이 있는가 생각해본다.

"누님, 옛날에 먹던 기정떡 생각나세요?"

막내 동생의 말에 내 풍요롭지 못했던 60년대의 한여름의 기억이 소환되어 왔다. 동생이 생각하는 기정떡은 화순군의 명물로 엄마가 사 와서 사돈댁에도 보내고 막내네 가족과 함께 먹었던 값지고 멋진 상품화된 떡이다.

내게는 촌스럽지만 추억이 쌓인 집에서 쌀을 절구통에 찧어서 가루를 막걸리에 버무려 부풀게 한 수제 기정떡이 마음에서 살아난다.

큰고모는 해질녘에 도착하여 하룻밤을 자면 가버려서 '하룻고모'였다. 신문지나 거름종이라는 황토색 종이에 정육(소고기나 돼지고기)을 싼 뭉치와 유난히 큰 사탕봉지를 가져 왔지만 큰고모는 항상 바빠서 정감을 느끼지는 못 했다. 그러나 작은고모는 친정에 오기가 더디지만 왔다 하면 한 달은 머물렀다. 작은고모가 우리 집에 있는 기간에는 할머니가 제철 음식재료를 아낌없이 고모에게 내어 주면서 음식을 만들게 했다.

한여름에 기정떡이 사랑채 가마솥에서 뜨겁게 쪄서 나온다. 고명을 얹은 채로 썬 대추와 석이버섯 채를 모양지게 가려내어 잘라주면 새콤하고 푹신한 떡이 너무나 맛있었다. 질그릇 항아리 가득하던 재료가 동이 날 때까지 대나무채반에서 떡을 꺼내고 구슬땀을 흘리면서도 고모는 늘 즐거워했다. 어린 우리가 먹는 것을 멈추었을 때는 그래도 남은 떡이 더 많았다.

동생은 돌아가신 어머니가 그리워서 큰누님인 나와 대화하는 것을 좋아한다. 추억과 작은 기억창고를 공유하며 '그때는 그랬었지' 하며 동의해주기를 원한다. 큰 나무 메타쉐쿼이아 가로수길 끝 지점을 향하듯이 함께 생각하는 작은 고리가 있어서 좋다. 기정떡 하나로도 서로의 추억이 다르더라도 한 나무를 의지하면서 새로운 추억을 쌓아 간다.

이런 소소한 기억은 막내 동생과 내가 나이 차이가 많이 나기 때문이다.

먹을거리인 떡 하나에도 이런데 자꾸만 동생은 어린 시절을 들추어 내어놓는다. 태어나자마자 집을 떠나 아련한 공동추억이 없는데도 옷소매를 붙잡듯이 매달린다. 누구에게나 있을 법한 동의를 구하는 인정 확인인가 생각한다.

사람들은 말을 잘 들어 주기만 해도 위로를 받는다고 한다. 동생은 내게서 듣는 옛날이야기가 마음의 위로가 되어 어머니의 끈을 찾는 것 같아서 마음이 짠해진다. 그래서 해를 넘길수록 주변에 사람들이 시심사심 사라지고 혼자 남겨진 외로움이 몰려 올 때는 막막한 마음을 신앙으로 견디어 보라고 했다. 하느님과 대화하는 기도로 마음을 다독여 보라고 한다.

사람 인人자처럼 서로 의지하고 기대더라도 하느님에게 기대는 것이 더 좋으니까. (2023년)

저축한 햇볕

뒤돌아보면 고마울 뿐이다.

초봄이라지만 찬바람이 매섭게 한강 쪽에서 불어오면 언 손을 호호 불어 본다. 가방을 손바꿈하며 언덕길에서 종종거린다. 햇빛이 부족하여 웅크리게 춥더니 성당 카페 창가에 봄 마중을 나왔다. 수필을 좋아하는 이들이 모여 공부하는 저녁에도 따스하게 한낮의 온기가 남아 있다.

과학적으로는 카페 안의 따뜻한 공기가 밖으로 나가지 못하고 창가에 남았다고 한다. 봄볕이 창을 통과하면서 돋보기 현상처럼 모아져서 창문 앞의 대리석이 손을 대면 몹시 따뜻하다. 겨울 한낮의 부족한 볕도 모아서 저축하니 오랫동안 따스하게 유지된다. 그 따스함이 손끝에서 사르르 마음으로 스며든다. 누군가 하늘의 거대한 힘을 가득 모아 차가운 이성을 부드럽게 만드는 듯 신비롭다. 스테인드글라스를 한 멋진 창문에 온기가 돋아나는 것이 아니라 유리 앞의 긴 대리석 받침대가 달구어져서 손을 얹으면 마음을 녹여 준다. 고향집의 아랫목처럼 은근하게 잡아당기는 무엇인가가 자꾸 손을 올려놓게 만든다.

따끈한 군밤을 사서 주머니에 넣고 까먹는 정겨움이 수업하는 동안 주변을 맴돌고 있다. 가장 어렵다는 인간관계를 이어주는 사랑이 땜질하듯 따사롭게 피어나는 간지러움이 있다.

창가에서 뿌연 하늘을 보며 참담하게 마음을 내려놓던 기억이 들어온다. 남편이 병원에 입원과 퇴원을 반복하면서 1년 휴직을 하던 때이다. 초등학생인 아들이 반에서 돕기를 했다며 내민 검정 비닐봉지였다. 학용품과 과일이 들어 있던 '친구들의 정성'을 그때는 몹시 받아들이기 힘들었다. 자존심이 무너지는 심정이었다.

"엄마, 친구들이 도와준다고 모아 주었다" 하던 천진스러운 아들의 눈을 마주 쳐다볼 수가 없었다. 다음날 오후에는 회색빛 창가에 서서 눈물을 훔치며 따뜻한 성의도 받아줄 수 없이 마음에 빙벽 울타리를 쳐갔다.

길고 긴 터널 같은 추운 시간이 지나던 겨울은 그리도 느리게 지나갔다.

모두가 주고받는 사랑이 사람 사는 세상인데도 받지 않겠다고 발버둥을 치며 살아왔다. 상황이 별것 아닌 일에도 설움이 가득한 세월을 삭여냈다.

모든 것이 약점으로 보일까 봐서 책임감으로 포장을 하며, 허약한 모습을 감추기 위해서 날카로운 칼날을 세우며 살았다.

친척들에게도 경제적 도움을 받지 않으려고 월급을 받아서 잘 살고 있음을 광고하며 살았다. 이것이 나에게는 최선인 줄 알고 마음은 항상 싸늘하게 식어간 것이다. 받으면 되돌려줄 수 없을까 봐서 짐스러워하며 받지 않았다.

'함께'의 의미를 상실한 채 내 비좁은 아집에 몰입하며 버티고 나서 남은 것은 '그래도 잘 견디었구나!'

손 내밀어 줄 때 받아도 여유로울 때는 도움을 줄 수 있었는데 하는 후회가 밀려온다. 열심히 '노오력' 하고 살면 언제인가 끝이 오리라 믿었는데 그게 항상 저만큼 앞서가며 나를 기다린다.

창가의 이런 따스한 온기가 내게 피어나서 마음이 열리고 감사의 기도를 드린다. 뒤돌아보면 그래도 주어진 여건이 매우 좋았다는 생각이다. 그래서 더욱 마음 깊이 감사를 드린다.

'주님은 내 기도를 들으셨다.'

내가 얼마나 많은 기도로 주님에게 도움을 청했던가.

주님은 말없이 알아줄 뿐이다. 이제 따스한 햇볕처럼 온기를 받았으니 함께 나누라는 뜻을 새겨 본다. 얼었던 마음이 풀리며 훈훈한 온정이 넘친다.

'죽을 때 얼마나 많은 아쉬운 한이 남을까' 후회하지 않도록 내게 해준 정신 차려지는 말이다.

추운 겨울 끝자락에도 봄기운이 스며들어 굴곡의 시간이 사라지듯 지나간다. 성당 카페의 대리석 위에 따뜻한 온기가 햇볕을 저축하여 마음을 녹여준다. 하고 싶은 일을 하고 좋은 사람들 곁에서 열심히 나를 다시 찾아본다. (2017년)

혼자 살아가기

보일러 온도를 올리며 무릎담요를 덮어 본다.

2월 중순이 되니 추위가 가실 만도 한데 햇빛만 찬란하고 바람이 차갑다.

주일 미사에 참석하고 돌아오는 삼성동 언덕은 큰 건물 사이로 기세를 한꺼번에 몰아쳐서 한강 바람까지 합하여 바람이 드세다. 바람 따라 먼지 같은 눈송이까지 휘몰아치니 바람의 길이 보인다. 겨울의 막바지는 꽃샘바람 따라서 우르르 지나간다.

대구에서 시작한 코로나19가 '사회적 거리두기'로 모든 일을 중지하라고 한다. 처음에는 일주일이나 이 주일이면 충분히 끝날 줄 알았더니 점점 심해지고 전염성이 강하고 치료약이 없어 사망에 이르다 보니 심각한 상황이 되었다.

3월은 언제부터인가 파릇한 새싹과 함께 새 출발을 한다는 습관
이 배어있었다.

추운 겨울이 마지막 꽃샘추위로 심술을 부리지만 3월이면 학교를
옮겨 부임을 하거나 제자들을 새로 만나고 1년의 계획을 세우는 그
런 생활을 42년간 해 와서 인지 습관적으로 삼월은 무엇인가 새 출
발해야 된다는 강박관념이 심어져 있었다.

그런데 금년 삼월은 마스크로 입을 막으며 외부와 단절되어 집안
에서 지낸다. 출발점 앞에 잔뜩 긴장하고 기다렸던 계획이 미루고
또 미루어졌다. 그리고 새롭게 극히 드문 상황이 눈앞에 펼쳐진다.
매일 뉴스특보로 대구의 코로나19 상황이 보도된다. 방호복을 입은
의료진의 바쁜 움직임과 인적이 끊긴 길거리와 문 닫은 상가의 쓸
쓸하며 썰렁한 모습이다. 사람들과 전염병의 전쟁이 시작되었다.

통째로 내 시간이 주어진 것이다. 그래서 혼자 살아가기가 시작되
었다. 하루의 일과를 밖에서 소일하는 것에서 안으로 나를 끌어 들
였다. 계절이 바뀌는 시점이므로 옷장 정리, 읽다가 두서없이 넣어
둔 책장 정리, 창고처럼 쌓아둔 싱크대 서랍정리, 그리고 또 정리,
정리, 종일 일해도 표시도 안 난다.

사람들이 만날 수 없으니 모임의 소식은 카톡으로 불이 나게 요
란을 떤다. 대면하지 못한 답답한 말들이 문자로 춤을 추면서 '카
톡'거린다. 문자의 홍수가 밀려온다. '스마트폰 쉼'을 권장했는데 이

런 답답한 상황에서는 소통의 연결 고리가 되었다. 집 밖으로 외출을 해서 하는 일이 일이라고 생각했던 기준을 다시 정립해 본다. 행동반경이 좁은 집안에서도 사소한 작은 일들이 이렇게 나를 기다린다는 사실을 새삼 깨닫는다.

지난 가을부터 어디서부터 인지 모르게 몸이 나빠지는지 몸무게가 5kg 빠졌다. 특별히 아픈 곳이 없지만 몸무게가 감소되는 것은 안 좋은 증상일 수 있어서 은근히 걱정했는데 집안에 머물면서 식사를 시간 맞추어 골고루 먹기를 하다 보니 조금씩 몸무게가 정상으로 가고 있다. 나이 들면 영양실조에 걸린다는데 딱 맞는 말이다. 운동을 못하니 제자리 걷기를 30분씩 하고 요가와 맨손체조를 꾸준히 한다. 집안에 머무는 이런 때에 건강을 돌보는 기회로 삼아야지 한다.

딱 한번! 지인의 전화를 받고 봉은사로 흙길 걷기를 다녀왔다.
인적이 드물고 마스크로 가려서인지 마주치는 눈빛이 날카로워 보여서 봄날의 꽃 마중은 너무나 부담스러웠다. 핸드폰에 가득 담아온 봄꽃 사진을 카톡 지인들에게 뿌리며 밖의 소식을 전했더니 모두 조심하며 돌아다니지 말라는 당부였다.
외출 금지에 모든 만남이 이루어지지 않는 이 상황이 무섭게 다가온다.

특히 결혼식에 참석 못하고, 장례식에는 너무나 쓸쓸한 상황이다. 마스크로 중무장 하여 '입 닫아!' 거리를 두고 '가까이 오지 마' 눈을 흘기며 '무서워'의 함성이 들려서 사람관계가 와르르 무너진다. 세균전이 시작된 듯 황량해진 길거리다.

여러 새로운 전염병이 나타났다가 예방약이 발견되면 사라진다.

신종이라는 이름이 맨 앞에 딱 붙여진 코로나19도 변종이라고 한다. 벌레 가득한 나무처럼 몸살을 앓아내고 견디며 살아가는 인간사에 한 계절의 바람이고 추위일 뿐이다. 이제 나들이를 할 수 있도록 모든 일이 잘 풀렸으면 한다. 홍매화 앞에는 사진 촬영을 하러 온 사람들로 북적이던 모습은 금년에는 볼 수 없어서 쓸쓸했지만 그래도 봉은사 여기저기 핀 봄 꽃 앞에 멈추어서 봄 향기를 가득 안고 왔다.

코로나 바이러스를 피하여 '집콕'으로 새로운 삶의 길을 찾았듯이 그동안 못 보았던 모질게 시간을 짓기며 살아가는 이웃을 돌아보는 마음을 품어본다.

따뜻한 봄이 다 가기 전에 내 건강도 좋아지기를 바라면서….

(2020년)

억새

억새에 가을바람이 지나간다.

가을의 초입이 되는 추석날이 돌아오면 억새는 성묘 가는 길에 긴 머리를 풀어내고 살랑거린다. 남편은 활짝 핀 억새보다 막 피어난 억새를 꺾어서 화병에 꽂아 두는 것을 즐겼다. 긴 겨울까지 잘 떨어지지 않아 공작 날개처럼 활짝 핀 억새를 볼 수 있다는 것이다. 억새가 활짝 핀 것을 꺾어 두면 금방 방안에 날려 청소하기 바쁘고 앙상한 가지만 남아서 볼품없어진다는 지론으로 매년 추석 성묘 갈 때부터 억새를 살펴본다. 그래서 우리 집에는 문갑 위에 억새가 가득 꽂힌 화병이 있고 십자가상과 성모님 고상 앞에 촛대가 자리해 기도하는 장소를 마련했다.

신부님들의 어려운 신앙생활을 다큐로 만든 영화를 상영한다고 남편은 보고 싶어 했다. 90년대 초반에 영세 받은 초보 신앙인인 남편은 신앙에 대한 호기심이 가득한 시기여서 나와 함께 영화를 보러가기를 원했다. 아이들이 아직 어려서 둘이만 집에 두고 가기도 데리고 가기도 어려웠다. 우리 부부는 동갑내기여서인지 함께 철없는 생각을 모아 계획하고 실행하는 데는 서로 보완해 주지 못했다. 영화를 보고 싶은 마음이 더 강력했고 컸었다. 설마 초등학생이고 밤인데 잠자고 있으면 되겠지 했다. 남편과 나는 영화 보는 것을 즐겨했었으니 즐거운 마음으로 영화를 보러 갔다. 아이들에게 숙제를 하고 잠이 오면 잘 자라며 당부를 하고 갔다.

그 영화는 다큐멘터리라서 내용이 뚜렷이 기억에 남지 않았다. 하지만 집에 돌아왔을 때 아이들은 잠을 안 자고 기다리고 있었다. 딸은 장롱 속에 들어가서 나오지 않았다. 안방은 탄내가 진동하고 방바닥에 물기가 가득했다. 커튼에 불이 붙었다고 한다. 어른들의 부재는 어떤 일이든지 발생할 확률이 높다. 아들은 울먹이면서 숙제를 끝내고 잠을 자려고 하는데 누나가 엄마처럼 기도 해야지 하면서 초에 불을 켰다고 한다. 그러다 곁에 있던 화병의 억새에 불이 붙고 커튼에 옮겨 가자 놀래서 바가지에 물을 떠와 불을 향해 뿌렸단다. 불은 꺼졌는데 방안은 물바다가 되어 걸레로 계속 닦아 내고 있었다.

"잘 했어, 다친 곳 없었고 크게 번지지 않게 잘 처리해서 괜찮아."

기도문을 외우듯 중얼거리며 딸을 장롱 문을 열고 안아주었다.

다행히 커튼이 불을 번지지 않게 처리된 천이어서 보글거리는 것에 바가지 물로도 화재진압이 가능했다.

커튼을 맞추었던 가게에서 불에 타서 오려내어 수선해 주기는 처음이라며 잘 살겠다는 덕담을 해주었다. 부부동반 영화 관람은 기억에서 찾기 어렵게 그것으로 끝이 되었다. 가을바람이 부는 언덕과 억새가 흔들거리는 월출산 도갑사 뒷산등성이 억새 숲에도 발걸음 안 한 지가 삼십 년이 넘어 흘러갔다.

좋아하던 억새를 담은 화병이 집안에서 사라졌다.

촛대와 초는 항상 준비되었지만 불을 켜지 않는다. 그렇다고 기도를 멈추지는 않았지만 먼지가 내려앉은 촛대를 닦을 때면 억새꽃의 흔들림이 되살아난다. 놀래서 굳어진 습관은 이렇듯 오래 지속되어 왔다.

문갑 위의 기도하는 장소는 오랫동안 유지되고 가족들은 기도를 수도 없이 바치는 장소가 되었다. 그런데 금년 여름부터 변화가 생겼다. 첫돌 지난 손자가 촛대를 들어 올려 무거우니 손을 놓는 순간 조그만 발등으로 떨어진다. 모두 놀라서 촛대는 서랍장 높은 곳으로 이사를 가고 성모님 상은 손잡고 '엄마!'를 외치며 잡아 다녀서 함께 높은 곳에 모셨다.

이제는 '성모님은 우리 엄마' 동화책을 보면서 "성모님 엄마"를 말하고 성모님 상을 살살 만지는 손자 손에서 억새꽃의 가느다란 손짓을 느낀다.

시간을 뛰어 넘어 습관이 되어버린 편견을 깨고 가을이 깊어지기 전에 억새 화병을 만들고 촛불을 밝게 켜야겠다. 은총 가득한 기도를 모아서. (2019년)

'쌍둥이 엄마'

내 경험에는 지탄받고 힘들어질 것을 예상하는 상황은 잘못을 감추고 싶은 마음이 모두에게 있다. 부끄러움을 가미 하면 더욱 그렇다. 내게 '쌍둥이 엄마'는 잊히지 않는 그늘로 마음 구석에 남아있다. 흐려진 기억에도 80년대 모습으로 다행인지 사진 한 장이 남아있다. 대학생이 갓난아기를 구했다는 뉴스를 듣는다. 이후로 '미혼모의 자작극이다'라는 것으로 TV는 여러 이야기를 쏟아냈다.

잠시 내게 다가 온 '쌍둥이 엄마'도 70년대 시골에서 서울로 혼자가서 버스 안내양을 하던 풋풋한 청춘이었다. 작은 꿈을 안고 살아가던 소박한 아가씨였다. 그녀는 남자를 잘못 만나서 임신한 몸으로 어머니에게 내려와 있었지만, 웃는 모습이 참 예뻤다. 출산 후에 다시 쌍둥이 아빠가 있는 서울로 가겠다고 기대를 하고 있었다.

쌍둥이 외할머니는 직장 맘인 내게 아침, 저녁식사도 해주고 세 살인 아들을 종일 돌봐 주어서 월급으로 보답해 주기도 했다. 쌍둥이 외할머니는 교통사고로 다리를 절룩거리며 걷는다. 교통사고 합의금 받은 것을 지인에게 빌려주었는데 그 사람이 도망가서 돈만 날리고 계속 치료를 못해 몹시 아파했었다. 그런 할머니에게 딸이 와 있었다. 할머니는 감추고 싶은 마음으로 말을 안 했다. 퇴근해서 집에 오면 방안이 따뜻하고 화사하게 변하며 여인의 향기가 났다. 웬일이지? 할머니가 덤으로 마술을 부리는 줄 아는 내게 털어 놓은 딸에 대한 이야기를 듣고 조금씩 출산준비를 도와주었다.

출산이 가까워지고 있던 날 전화가 왔다.

"큰일 났어요. 아기가 하나가 아니고 둘이 태어났어요."

병원 검진도 못 받았던 시절이라 태어난 쌍둥이는 신기하기보다 걱정이었다. 준비 못한 사정을 알고 우리 아이들이 사용했던 배냇 저고리와 육아 용품들을 모두 주었다. 쌍둥이 손녀들은 어른들의 걱정을 사라지게 하려는 '걱정 인형'인 듯 방글거리며 커갔다. '쌍둥이 엄마'는 어머니가 마련 해준 예쁜 옷을 입고 쌍둥이를 데리고 서울로 갔다.

살면서 가족에게 어디까지 책임을 지면서 살아가야 되는지 모르겠다.

무슨 책임이나 의무를 들추어 볼 필요가 없이 무한대로 사랑이 펼쳐지는 것이 가족 사랑이다. 만나기도 어렵지만 헤어지기는 더욱 어려울 것이다. 그런데 '쌍둥이 엄마'는 삼일 만에 눈물을 흘리며 돌아왔다. 다른 여자와 살림을 차리고 있어서 엉덩이 붙이고 있을 곳이 없어져 어린 쌍둥이를 앞세우고 돌아왔다. 보름간의 긴 침묵의 시간이 지나고 쌍둥이 식구들은 가까운 도시로 이주를 했다. 우리 아이들은 다시 친정 할머니가 돌보아 주었다.

사건이 났던 미혼모는 온정의 손길이 펼쳐지고 미혼모이지만 아이를 양육하고 싶은 마음이 가득해서 자작극을 펼치고서라도 아이를 지키고 싶은 마음을 모두 이해한다. '쌍둥이 엄마' 때와 너무나 대조적으로 훈훈하다.

바람결에 들은 소식으로는 쌍둥이 양육비를 주고 외할머니가 돌보도록 한다는 사람에게 결혼을 했는데 이것도 견디기 어려웠는지 자살을 했단다. 외할머니는 쌍둥이를 위해서 아픈 몸이 부서져라 일을 하며 돌보다가 해외 입양을 보냈다고 한다.

도시의 작은 가게에서 아픔을 잊으려고 밤낮을 가리지 않고 일한다는 쌍둥이 할머니의 초라한 모습을 만났다. 내게 거주지를 알려주어 계속 연결되어 있었다. 방학 때 우리 아이들을 데리고 찾아간 곳은 하루 종일 서서 일하는 비좁은 가게였다. 홀로 남은 본인의 신세보다 안타까운 딸의 죽음에 땀 같은 눈물을 타월로 닦아내며 '쌍둥이 엄마'의 한을 들려주던 모습을 잊을 수 없다. 불편한 다리와 삶의 무게에 힘겨워 보였다. 더욱 온 몸으로 기우뚱거리던 어려움에 손을 잡고 내려놓지 못했다. 그래도 쌍둥이들이 먼 나라에서 잘 자라 주기만을 기도했다.

미혼모에 대한 복지제도가 많아져서 혼자서도 아이를 잘 키울 수 있는 여건이 마련된 세상 같지만 자신을 들추어 내지 못해서 어둠의 그늘에서 헤매는 이도 많다. 할머니도 기초 수급자가 되어 국가의 도움을 받을 수 있는데 그때는 기댈 곳 없이 모두가 어려웠다. 사십 대 초반이 되었을 그때의 쌍둥이들을 생각하며 TV에서 입양아 친부모 찾기를 하는 소식에 귀를 기울여본다.

부모가 되는 자격증을 준다면 외롭고 학대받는 아이들이 없어질까?

부모의 자격증이 있다면 가슴으로 낳거나, 부모 자식의 연을 맺어 만난 자식들이 사랑 속에서 자랄 수 있을까?

가족이라는 사랑의 연결 고리가 든든한지를 다시 한 번 점검해본다.

그녀는 비록 하늘로 갔지만

내 기억 속에는 쌍둥이가 건강하게 살아서 방긋 웃고 있다.

(2018년)

꽃이 있는 골목

나는 골목길을 즐겨 걷는다.

자동차 소음이 유별난 큰 도로를 지나는 것보다 골목길 걷기를 더 좋아한다.

운동화를 신고 언덕을 오르면 등산하는 기분이 들고 귀여운 손녀의 등굣길을 함께하는 아침은 더욱 생기발랄해지고 상쾌하다.

대추나무가 짊어진 '흡연금지' 팻말이라든가 가시철망을 부드럽게 감싸는 호박 덩굴이 골목의 대미를 장식한다. 제약회사 관사 터는 건축물을 철거하고 이름 모를 풀꽃이 가득하여 자연으로 돌아가는 재생의 경이로움에 한참을 서서 바라보았다. 풀 더미 속에서 빨간 꽃이 어른거리면 소녀 같은 아주머니가 주름치마를 걷어 올리며 종종걸음으로 들어가 꽃을 한 아름 꺾어 오던 봄바람 부는 언덕길이다. 봄바람은 영춘화를 피어 노랗게 매달리는 높다란 빌라 담벼락도 꽃으로 주름잡아 살랑거리는 커튼처럼 봄의 잔치를 준비한다.

꽃 사과나무와 복숭아나무는 열매보다 꽃이 일품이다. 먼지 낀 열매가 공해에 찌든 잎사귀 사이에 고개를 내미는 한여름보다 봄날 가득 핀 부드러운 분홍색 꽃에 여린 잎의 조화를 내가 더욱 좋아한다.

지나다니는 언덕배기 골목에는 담 옆에 큰 나무도 많지만 가게의 좁은 입구 옆에 옹기종기 작은 화분이 모여서 꽃밭을 이룬다. 주인의 취미에 따라서 인지 고추와 상추랑 대파가 보이기도 한다. 이름 모를 예쁜 꽃이 차례로 피었다 시들어 가는 모습이 지나가는 내게 무언의 말을 걸어온다. 화초와 키 큰 나무들이 점처럼 촘촘히 박혀 있다. 사람이 드나드는 집들 사이에 함께 하고 있어서 조화로운 조용한 골목길을 걷기가 좋다. 장마가 지나가고 활짝 갠 날 세탁소 앞에서 저절로 발걸음이 멈추었다. 일일초가 종류별로 활짝 웃는 모습에 세 사람이 함께 걷다가 멈추어 꽃구경을 하니 여주인이 나와서 꽃 이름을 알려주고, 집에 기르는 꽃 사진을 보여주며 꽃에 대한 여러 이야기를 한다. 나이 들어 화분이 무거워 모두 가벼운 플라스틱 화분으로 바꾸었단다. 예쁜 맨드라미꽃은 욕심내는 이가 많아서 꺾어가더니 욕심이 지나쳐서 뿌리 채 뽑힌 사연까지다. 일일초는 잘 돌보는 손길에 보답하듯이 더욱 생생해지고 골목을 지나는 이에게 방긋 인사를 한다. 가게주인의 성향에 따라 화분도 꽃도 가지가지이다. 계절마다 피고 지는 화초가 지나가는 이들에게 희망을 뿌려준다.

언덕배기 끝 무렵에 놀이터가 있어서 아이들과 어른들이 의자에 앉아서 잠시 놀고 쉬기도 한다. 언덕을 숨 가쁘게 올라 와서 한숨을 돌리며 하늘을 바라볼 수 있는 장소이다. 살랑거리는 바람도 땀을 식히고 아이들의 소란스런 목소리도 정겨운 자리이다. 놀이터 앞 길 건너에는 가시철망이 사람 키를 넘게 빙 둘러 쳐져있다. 여름에는 덩굴장미가 가득해서 꽃도 피고 잎도 무성하여 가시를 가릴 수 있지만 한겨울에는 가시들이 선명히 보인다. 휴전선처럼 범접할 수 없는 장소 같아서 조금은 살벌하다. 철망 너머 잘 다듬어진 길과 나무 그리고 개울물이 흐르는 평화로운 저편과 밖의 이편은 가느다란 차이가 난다.

밖에서 바라본 금지된 장소의 위엄에 짓눌려서 느끼는 차이이다.

전깃줄에 앉은 까치들이 똥을 싸서 인도에 발 디딜 틈이 없다. 잡초에 덮여가는 인도에 자연이 준 해택을 나누기가 옹색해진 상황을 바라본다.

어느 날은 겉옷 뒷면에 새똥을 맞아온 날도 있다. 길 가던 이가 '오늘 재수가 좋나 봐요' 하며 알려주어서 깜짝 놀란 적도 있다. 인도 옆에 주차된 자동차도 새똥이 내려앉아서 차주의 울상이 어른거린다. 비 오는 날 우산에도 예외는 없었다. 골목길은 작은 화분과 시를 적어 내놓은 흰색 페인트로 단장한 담이 있는 빌라를 지나서 아이들 교습소가 많아서 노란색 차가 즐비해진 길을 지나면 해맞이 공원과 맞닿는다. 손녀와 등산하는 기분인 아침시간의 골목 산책은 교장 선생님이 마중 나와 인사하는 후문에서 갈라진다. 손녀는 계단을 껑충거리며 내려가고 나는 새로운 길로 하이힐 신은 듯 비탈진 길에 발을 곤두세우고 내려온다. 주렁주렁 달린 토마토 화분이 나와 있고 공터에 소나무가 무성한 길로 걷는다. 묵주 기도를 하는 발걸음에 주님에게 가까이 하는 날이 되도록 소원하면서 골목의 산책이 마무리된다. 하루가 새롭게 펼쳐진다.

젊은 날 일이 뜻대로 풀리지 않아서 학교를 졸업하고 잠시 쉴 때였다. 집안을 온통 대청소를 해댔다. 마음이 더 좁아져 구름이 잔뜩 낀 듯하면 대나무 비를 들고 고샅으로 나와 쓸고 또 쓸어서 또랑이 있는 마을길까지 내려갔던 서러운 아픔이 올라온다. 소리를 질러 풀 수도 없을 때는 집 뒷산에 커다란 너럭바위가 있는 곳에 올라가서 넓은 들판을 하염없이 바라보았다. 그런 기억이 아침 언덕길에 겹치면서 이제사 더 무엇을 바랄 것인가 생각해 본다.

골목길을 걷다 보면 잠재된 서러움이 풀풀 날린다. 그리고 하늘로 올라 구름 되듯이 증발되어 시원해진다. 문학의 외피를 입혀 포장하지 않아도 골목길은 보이는 대로 순수하다. 꽃이 있는 골목에 위로 받으며 향기로운 꽃 한 송이가 된다. (2023년)

마음의 이름표

아파트 놀이터 앞을 지나가다가 발견했다. 건물을 빙 둘러서 작은 화단을 이루는 단풍나무 숲 그늘진 나무 밑 등걸 사이에 자라는 어린 주목나무를 보면서도 곧 자라지 못할 것처럼 무심히 지나쳐 다녔다. 그러기를 1년 정도 지났던 올봄에 어른 손 한 뼘만큼 자라서 눈에 확 들어왔다. '어쩌나 살아갈 방법을 구해 주어야지' 진초록 잎을 나풀거리는 작은 생명을 구해낼 방법을 궁리하느라고 며칠을 앓아 대다가 비닐봉지와 호미를 들고 화단으로 갔다.

고층으로 이루어진 아파트 주민들 중에는 편히 담배를 피우고 살며시 화단으로 던진 꽁초가 널려 있었다. 뾰족이 움트는 비비추 싹들 사이에 숨어 있는 꽁초를 비닐봉지에 주워 담았다. 그리고 주목나무를 가까이서 살펴봐도 옮겨 심으면 뿌리가 단풍나무 큰 뿌리에 휘감겨서 살기 어려워 보였다. 그래도, 준비했으니 호미질을 했다. 겉보기보다 다르게 흙은 부드러웠고 뿌리는 굵었다. 원 뿌리는 단풍나무 큰 뿌리와 얽혀서 호미로는 파내기가 어렵고 잔뿌리가 한 덩어리째로 뽑혔다. 굵은 원 뿌리를 꼭 잡아 당겼더니 댕강 부러졌다. 20년 된 단풍나무에게는 어림없는 주목나무 분리였다. 그래도 살려야지 하는 마음에 부드러운 땅을 파고 잔뿌리 달린 주목나무를 심어주고 물을 받아다가 주었다. 살고 죽는 것은 이제 운명이라며 그래도 아프고 독하게 분리했으니 독립해서 잘 살아가길 바라는 마음이다. 주목나무에게는 단풍잎이 우거지기 전이라서 땡볕이 따가운 봄이다. 가릴 곳 없이 온몸으로 햇빛을 받으며 뿌리를 내릴 몸살을 하는 나무에게 가보면 물을 준 흔적이 있다. 내가 아닌 나무를 좋아하는 모르는 분이 물을 길러다 부어준 것이다. 단풍나무 잎이 자라서 이제는 그늘을 만들어 주고 비가 두 번째 흡족하게 내린 뒤로 주목 나무는 새로운 싹을 내밀고 온몸이 초록으로 생기를 찾았다. 고난 뒤에 찾아오는 행복을 누리는 듯 내가 지나다니며 눈짓을 하면 주목 나무는 반긴다.

분리되어 독립한 주목나무를 내 마음의 기준으로 바라본 것은 아닌가 하고 뒤늦게 생각해 냈다. 큰 나무 뿌리 사이에서 불편할 것이라고 단정지었지만 불편의 감수가 오히려 뿌리가 잘 뻗어서 단단할 수 있는 기회라는 여러 갈래 생각이다.

하지만 몇 걸음만 지나면 단풍나무 그늘에서 햇빛이 그리워 말라 죽어가는 향나무를 보면서 주목나무의 독립은 환경을 바꾸는데 좋은 일이라고 이유를 붙였다. 이곳에서 주목나무는 내 마음의 이름표를 달고 오래도록 기념식수가 될 것이다.

전에 재건축을 하여 새 아파트에 입주하는데 옆집 지인은 화단 정원수 사이에 감나무 2그루를 심고 두 아들의 나무로 이름표를 달았다. 작은 감나무는 지나다니는 길에서는 눈에 잘 보이지 않았다. 화단 안에서 그 감나무는 시간을 켜켜이 채우며 무럭무럭 자랐다. 새순이 돋는 봄날에는 감잎차 만든다고 어린잎을 싹둑 잘라간 가지를 보고 실망하기도 했다. 그리고 첫 열매가 맺힌 날에는 감격하여 나를 데리고 감나무 밑에까지 가서 얼마나 예쁜지 바라보라고 신나했었다. 이제는 어린순이 잘려나가도 감은 가득 열려서 아파트의 역사가 되었다. 화단 앞을 지나면 저절로 감나무에게 시선이 머물러진다. 나무토막에 이름을 쓴 표가 낡아서 떨어져 나갔지만 옆집 아이들의 기념식수는 사람들의 삶의 활력소였다.

사람들이 부대끼며 삶을 엮어나가듯이 자연 속에 나무는 그렇게 손대지 않아도 잘 살아가는 것이다.

지금의 아파트 앞 화단에 하얀 라일락꽃이 봄이면 향기를 진하게 뿜으며 핀다.

이전에 살았던 이들의 할아버지가 며느리가 직장에 다니는 한낮에 손자들을 돌보러 와서 심은 것이란다. 작은 열매를 맺는 딸기와 라일락 나무는 내가 그대로 물려받아서 잘 돌보고 있다. 마른 단풍나무 잎을 이불 삼아 겨울을 이겨내고 하얀 딸기 꽃이 피어난다. 마트에 딸기가 가득 팔리는 시기를 지나 끝 무렵에나 겨우 조그맣게 열리는 딸기는 벌레들의 먹이가 된다.

나도 손녀와 출입할 때마다 딸기 꽃과 열매랑 줄기가 뻗어나가는 모습을 알려준다. 손녀도 자연에 좀 더 가까이 다가가서 사람처럼 생명을 가지고 나름대로 살아가는 나무와 풀을 가꾸어 자연을 관찰하는 기회가 되기를 바라는 마음이다. 그리고 식물에 사랑스런 마음의 이름표를 달아주기를 바란다. 가까이 함께 살아가는 나무들에게 많은 위로를 받는다. (2020년)

비밀의 방

제4장

찻집에 앉아서

찻집에 앉아서

찻집에 앉아서

아주 오랜만에 여유를 갖는 시간을 보냈다.

엘니뇨현상으로 북극의 겨울바람이 차갑게 파고드는 추운 날씨에도 안전무장하듯 겹겹이 껴입고 머리까지 둘러쓰고 걸었다. 삼성동 언덕을 넘어 청담 사거리 2층 찻집에 앉아서 이야기하는 것이 너무 좋다. 불빛이 찬란한 사거리에 잎을 떨친 가로수가 웅크리고 흔들린다. 파란 신호에 따라 횡단보도를 건너는 사람들과 질주하는 차들이 질서를 잘 지키는 네거리가 살아 숨을 쉰다.

글을 쓴다는 것은 마음의 웅어리를 풀어내는 일이란다.

카페라떼의 달콤함이 음악에 어울려 커피향이 입안으로 가득 퍼지는데 오래전 일이 떠오른다.

학교에서 2학년을 맡아하던 유월 어느 날 오후 옆 반 학생이 교통사고가 났다고 했다. 젊은 여선생님이 담임이기에 나도 함께 병원으로 달려갔다. 응급실에 누워있는 조그만 남자 아이는 팔다리가 축— 늘어져있고 의식이 없는 상태였다. 하교 후에 치과 치료를 받으러 친구랑 병원 앞 사거리 횡단보도에서 신호를 기다리고 서 있었단다. 신호가 바뀌자 곧바로 뛰었는데 달려온 차에 치였다. 중년여자 운전자는 급히 노란 신호에서 빨간 신호로 바뀌는 순간을 보고 '지나가면 되겠지'라고 했다.

지금처럼 CCTV가 많지 않고, 횡단보도 정지선을 단속하지도 않던 시절이다. 하교 때마다 알림장에 교통안전을 1번으로 써주던 내게는 큰 충격이었다. 횡단보도에서 신호가 바뀌면 "하나, 둘, 셋"을 세고 좌우를 살피며 건너라는 당부는 소용없는 일로 되었다.

일터에서 온 어머니의 울음소리가 병실 밖으로 넋두리와 함께 흘러나오고, 직장에서 달려온 아버지는 아이의 얼굴을 만지며 소리없이 눈물을 떨친다. 수술을 하고 일주일 동안이나 담임은 중환자실로 퇴근했다. 중환자실에 있어 다시 만날 수 없었던 그 아이는 하늘나라의 어린 꽃이 되어 먼 길을 떠났다.

여름방학 준비에 바쁜 날 어머니가 학교에 오셨다. 아이의 자리에 앉아서 "교통안전 사고 예방에 더 관심을 가져 주세요" 하며 울먹이던 모습이 질주하는 차들이 밝히는 전조등 불빛에 어른거린다.

복잡한 등교시간에 자가용 등교를 시킨 어머니의 사랑이 사고로도 이어진다. 큰길에서 공놀이 하다가도, 좁은 골목길에서 뛰어놀다가도, 아파트에 주차된 자동차 사이에 작은 키가 눈에 띄지 않아서, 모두가 운전석에 앉으면 보이지 않는다. 순간에 일어나는 사고를 예측 못하여 너무 작은 영혼이 교통사고에 희생된다. 질서, 규칙 이런 것은 마음의 여유를 가지면 해결될 수 있다는 것을 잘 알면서도 실천하기 어렵다.

골목길 복잡한 곳에서 느린 걸음으로 걷는 노인을 기다려 주는 배려가 있는 운전자 마음에 자동차보다 사람이 우선인 밝은 세상을 보는 것도 좋다. 유치원 통학차에서 무사히 내리는 것을 확인 못해 아이가 차에 치이는 뉴스는 이제 없었으면 좋겠다.

2층 찻집에는 다정한 대화를 하던 손님이 퇴근하듯 빠져나가도 빈자리가 을씨년스럽지 않다. 금방 정다운 이야기를 나누러 환한 얼굴의 사람들이 들어 올 것 같아서다. 추운 겨울, 네거리가 환히 내다보이는 따뜻한 찻집에 속사연을 펼치려고 온기를 찾을 것 같다. 사거리의 교통질서와 규칙이 기분 좋게 지켜진다.

교통 신호에 맞추어 오락게임하듯 좌회전하는 차들이 천천히 움직인다. 건너편 가로수에 걸쳐진 떼불 장식이 간지러워서인지 나무가 심하게 몸살을 앓으며 흔들거린다.

추운 청담 사거리 찻집에서 한줌 추억을 커피 잔에 담아봤다.

오리와 마음의 조약돌

지나간 일들은 왜 아름답게 느껴질까?

뾰족이 나온 아픔이나 슬픔이 곱게 단장되어 마음 깊숙이 가라앉아 즐거운 추억 하나가 저장되어 있다. 가끔은 할 일 없이 하늘을 쳐다보고 앉아있을 때면, 한줄기 향기 되어 퍼 올리는 기억 저편이 있다. 바닷가 작은 파도에 휩쓸리는 조약돌 달그락거리는 소리가 들린다. 발등에 빨간 끈, 노란 끈을 맨 오리들이 하얀 날개를 파닥거리며 종종거리는 모습이 아른 거린다.

그래 ─ 그 바닷가 마을에는 추위가 밀리는 삼월이 오면 오리새끼를 육지에서 사 와서 길렀지 ─ 사람들 먹을 곡식이 풍성하지 못한 작은 섬에 오리가 주민 수의 몇 배가 되어 바닷가를 돌아다녔다. 발에 고운 끈을 묶고 온종일 바닷가에서 살았다.

외딴 오막살이 어부 할아버지는 오리 살 돈이 없어서 내게 오리를 사주면, 할아버지가 길러서 반을 준다고 했다. 그래서 노란 오리 새끼 30마리를 사드렸다.

오리는 분교 아래 맑은 둠벙에서 수영하며 낡은 어망 울타리 풀 숲에서 지냈다.

할아버지가 매일 덤장에서 잡아오는 새끼고기를 먹이로 먹고 자랐다. 가끔은 방앗간에서 얻어 온 미강에 부드러운 풀을 썰어 버물어 주는 간식도 먹었다. 지금 흔한 사료는 구경도 못한 오리였다. 5월 초순이 되자, 오리는 순백의 작은 날개를 번쩍이는 백조 비슷한 오리가 되어 갔다.

6월 중순이 넘어가자 덤장 고기잡이가 끝난다고 했다. 할아버지는 먹이가 없는 오리를 가져가라고 했다. 잘 길러주셨기에 나는 12마리의 오리를 가져 왔다. 언덕 위에 있는 분교라서 바닷가에 풀어 둘 수가 없어, 발에는 보라색 천으로 된 끈으로 묶었다. 마당 끝 습진 땅을 파서 웅덩이를 조그맣게 만들고 막대 기둥을 둘러 그물망을 쳤다. 어설픈 오리집이지만 아늑하고 멋진 모습이 되었다.

언덕 아래 바닷가 오리의 주인은 저녁노을이 물들고 해질녘에는 호루라기를 분다. 주인의 호루라기 소리를 오리는 잘도 기억한다. 발목에 묶인 끈의 색깔이 뒤섞일 때도 있지만 오리끼리 알아서 머리를 몇 번 쪼이면 자기 집을 곧장 찾아 간다는 게, 놀라웠다. 이럴 때 조금씩 먹이를 준다고 했다. 그래야 내일도 호루라기를 불어 불러들일 수 있다는 것이다. 그리고 엉성한 그물막 오리집에 밤이 내리면 그만이었다. 시댁에서 가져온 먹이로 열심히 돌보았다. 그런 후 여름방학 때 사진반 회원들이 여럿이 놀러 왔다. 오리를 잡아서 요리를 했다. 너무 기름져 하얀 꽃이 피어 오른 미나리를 잘라 넣어서 만들어 먹었다. 기름기가 많은 것은 먹이를 너무 많이 주고, 좁은 장소에서 운동이 부족한 것이 문제였다.

그 후부터는 마당가에 빙 둘러 심어진 무화과를 따서 먹고 남은 무화과 껍질을 먹이로 주고, 그물망 울타리를 넓혀 주었다. 내가 오리를 키워 보기는 처음이지만, 대식가인 오리가 3개월 간 크면 어미가 되는 것이 너무나 신기했다.

물을 좋아하는 오리지만 비는 피하게 해주었다. 특히 새끼 오리일 때는 비를 맞으면 병이 들고 죽을 수도 있었다. 어느 정도 날개가 돋고 기름샘에 기름기가 올랐을 무렵이면 괜찮아졌다. 잡식성인 오리의 먹이 터는 넓은 바닷가가 최상이었다.

할아버지 어부는 연근해에 고기 씨가 말라서 덤장에 고기가 들지 않는다며 갑오징어, 가오리를 건네주던 정겨운 모습이 아른거린다.

태풍이 몰아치던 밤이 지나고 이른 아침이면 바닷가에 갑오징어가 수북이 밀려왔다고 했다. 양동이에 가득 담아 와서 분교장 부부에게 주었더니, 먹물을 빼지 않아 까만 고기로 먹었다는 전설 같은 이야기도 해 주었다.

자연은 우리가 힘들게 지키지 않으면 무너진다. 자연이 주는 특혜를 오롯이 지켜낼 때, 우리는 사료먹이에 찌들지 않은 천연의 먹을 거리를 얻을 수 있다.

차가운 바람이 부는 하늘 빛 한강에 나가면 야생 오리들이 떼를 지어 강물에 동동 떠있다. 알록달록 자유롭게 돌아다닌다. 무한한 평화를 누리며 한가로워 보인다.

겹쳐 보이는 바닷가 하얀 오리도 날개를 펼치면서 달려간다.

풍경 하나가 또 옛 추억을 건드리고 지나간다.

파도에 휩쓸리는 바닷가 조약돌 같이 매끄럽게 마음을 달그락 거리게 한다.

(2016년)

연습

"만국기가 펄럭이는 가을하늘 아래, 구경꾼들이 울타리를 친 운동장에서 힘껏 달려 하얀 결승선을 가르며 1등을 해봤나요? 손등에 선명한 등위 표시를 훈장처럼 내밀며 자랑해 본 적은 있나요?"

그 시절 선생님의 수신호와 호각소리에 민첩한 동작을 하는 아이들 모습은 박수를 받을 만했다. 교사 출신인 동창들이 모이면 운동회 때 연습으로 혼쭐이 난 이야기로 열을 올린다. 남자들의 군대 이야기처럼 포장되고 전설이 되는 것이 재미있다. 이런 운동회가 점점 사라지는 현실에서는 전설 또한 만들어질 수가 없다.

여름방학이 시작될 무렵이면, 가을 운동회 계획이 발표되고 준비가 시작된다. 학년 무용은 젊은 여선생님이 눈치껏 맡아서 하고, 4, 5, 6학년 단체 마스게임, 전통 무용은 경력이 어느 정도 쌓인 베테

랑 여선생님의 몫이다. 꾸미기 체조는 교내의 호랑이 남자 선생님이 사고 예방 차원에서 무섭게 연습시킨다. 학생 수가 어디 가도 많았던 시절에는 시골 학교라도 멋진 운동회를 위해서 3주 이상 연습을 한다. 배우는 학생이나 가르치는 선생님 모두 긴장되는 기간이다. 연습이 시작될 초기에는 힘이 남아돌고 호기심에 줄 맞추기 기본 동작에도 장난기가 서리고 웃을 일이 가득하다. 점점 배운 동작이 반복되고 작품이 완성되어 가면, 지치고 흥미도 없어지기에 그때부터는 아이들과의 신경전이다.

구령대 위에서 목청 높여 지도하다가 짜증 섞인 말들이 여과 없이 마이크를 통해 인근에 방송되어 말썽을 부리기도 한다. 그래서 중요 대목은 그늘진 뒷마당이나 옥상 넓은 곳에서 지도한다. 운동장에서 맞출 때는 예쁜 목소리와 고운 말로 포장해서 지도한다.

어느 해에는 운동회 날 '파란 나라' 음악에 맞추어 4, 5, 6학년 마스게임을 하는데 갑자기 목 밑이 따끔했다. 모든 시선이 집중된 순간이므로 수신호와 춤동작을 놓칠 수 없어 참으며 끝냈다. 뛰어서 퇴장하는 아이들과 뒷운동장에 가서 준비물을 모아 정리하고, 교실에서 옷을 들쳐보니 벌 한 마리가 가슴에 죽어 있었다. 벌에 쏘인 것이다. 인근에 있는 양봉을 하는 농가에서 날아오는 벌이 국화 향기 가득한 교정에 많아서 생긴 일이다. 그제야 아파 왔다. 붉게 부어오른 아픔도 힘든 연습의 끝이라서 참아 낼 수 있었다.

유난히 연습할 때 못해서 걱정이 많거나 어렵고 힘든 해에는 실전에 강해서 운동회 날에는 큰 박수를 받게 잘 한다.

"연습할 때와 다르게 운동회 날은 참 잘한다니까."

연습을 무사히 끝낸 위로의 말이다. 연습에 공을 들이고 땀이 스며있어야 보람도 함께 오는 것이다.

꾸미기 체조, 기마전, 마스게임, 차전놀이, 고싸움… 멋진 연습 모습을 이제는 보기 어렵다. 학생 수가 줄어들었고, 그렇게 연습하는 것이 학습침해라고 연습을 줄이며 새로운 모습으로 발전되어간다. 교실에서 TV를 통해 비디오로 연습하고, 체육시간에 배운 것과 연결한 내용의 운동회가 열린다. 단체 활동의 협동하는 모습이 줄어들고 개인이 우선인 세태가 반영된 것이다.

또 다른 모습은 퇴장할 때까지 학부모가 운동장 안에는 들어오지 않고 끝나면 박수로 격려해주었다. 이제는 시작 때부터 카메라를 들고 본인 아이만 집중하여 동영상을 찍고 있어서 힘들게 연습한 작품을 제대로 못한다. 사진 찍는 시간을 주겠다고 해도 막무가내다. 특히 1학년은 더 심하다. 귀여운 모습으로 무용, 단체경기, 달리기를 하는데 운동장으로 나오는 부모님 속에서 진행이 어려워 포토타임을 위해 공연을 다시 한다고 예고해야 겨우 제대로 볼 수 있다.

하얀 백회가루로 산뜻하게 트랙선이 그어진 운동장에 "우리 편 이겨라" 하고 응원소리 높이던 운동회가 폐교된 시골 학교 모습처럼 사라져간다.

　삶에는 매순간이 처음 다가오는 일이라 연습이 없다지만, 크게 보면 반복되고 중첩되고 부피를 더 하는 일도 있다. 그래서 연습이 필요하다. 내 인생에 지우개로 지우고 싶은 흔적이 남아있을지라도 배우면서 연습으로 이어지면 흔적은 서서히 상대적으로 흐려지지 않을 수 없을 것이다. 운동회 날 잘 치르기 위해 연습할 때 미흡했을지라도 성심성의껏 반복 연습을 하면 아이들이 운동회 날 보여주는 결과처럼 실전에 강한 효과를 내리란 믿음이다. 이 또한 반복된 경험이란 연습으로 온 믿음이므로. (2017년)

물난리

비가 많이 내린다. 태풍과 함께 온 비가 며칠째 줄줄 내린다.

TV에서는 강남역의 물난리 모습이 생중계되고, 신림동에서는 지하에 물이 갑자기 차서 지하층에 살던 가족이 빠져 나오지 못하고 사망했다는 뉴스다. 이상 기후의 역습이라고 하지만 대처하지 못한 인재 또한 겹쳐져서 안타깝다. 가뭄에는 씨앗이 남아서 복구하고 먹고 살아 날 수 있지만 홍수에는 모든 것이 사라져서 다음을 기약하기 어렵다는 어른들의 말이 실감 나는 계절이다.

퇴근 후에 가끔 놀러 간 적이 있는 친구의 집은 시골에서 기와집으로 여러 칸이 있는 한옥마을 같은 집이었다. 일요일 저녁에 놀러 가서 잠을 잔 적이 있었다. 밤사이에 태풍과 함께 비가 내려 기와가 날아가 기와지붕이 새었다.

이불이 젖었는데 잠에서 깬 친구 셋이서 말을 못하고 이불을 붙잡고 끙끙 댔다. 혹시 자는 사이에 쉬가 나온 것은 아닌지 하고 말이다. 불안한 얼굴에 천장에서 물방울이 가끔씩 떨어지는 순간 모두 박장대소拍掌大笑하고 말았다. 셋이서 나란히 출근하는데 보이는 골목길과 들판은 태풍의 후유증으로 나무가 쓰러져 길을 막고 논에 벼들은 익기도 전에 드러누워 있었다. 태풍이 휩쓸고 지나간 자리는 처참했지만 흰옷을 입은 농부들이 물꼬를 살펴보러 삽을 어깨에 걸치고 우장을 입은 모습이 곳곳에 보여 간밤의 자연 재해에도 굴하지 않는 사람들이 사는 일상 같아서 애틋했다.

교문을 들어서는 일행에게 다급한 목소리가 들렸다.
빨리 교무실로 모이라는 것과 아침에 아이 한 명이 물살에 휩쓸려 떠내려갔다는 것이다. 평상시에는 논을 가로질러 난 길이 조금 움푹 들어가는 낮은 지대이지만 걷기 평범한 시골길이 물난리가 나면서 저학년은 걷기 힘들었단다.
그래도 오빠 손잡고 잘 건너 가라고 집 마루에서 부모님이 건너다보는데 오빠 손을 놓친 여자아이는 그대로 물살에 밀려 떠내려가고 흔적이 없었다.

등교 한 학생들을 마을 별로 모아서 선생님과 함께 담당한 마을로 하교를 무사히 했다. 교직원들은 조를 만들어서 냇가를 따라 작

대기를 들고 걷고 또 걸었지만 깊은 물속에서 그날은 아무 것도 발견하지 못했다.

부모님은 망연자실하여 입가는 하얗게 질리고 차마 얼굴을 쳐다볼 수 없을 정도로 통곡을 하다 넋두리를 하다 주저앉아서 몸을 가누지 못했다.

태풍도 지나가고 비도 맑게 갠 하늘 아래 물이 빠진 냇가는 듬성 듬성 바위가 드러나고 발등 정도의 작은 시냇물이 흐르는 정도였다. 논과 연결된 그냥 또랑이 되었다. 가방도 신발도 옷도 함께 사라진 암흑의 긴 시간이 지나갔다.

사라진 아이는 일주일 후에 큰 강에 연결된 바닷가에서 발견되어 조촐한 장례를 치렀다. 한 마을에 사는 담임은 말없이 아이의 책상을 치우며 몸부림을 쳤지만 물난리는 흐르는 세월에 삭아서 낡은 기억 창고에 보관되어 홍수가 나는 날에 물기 어리게 재생된다.

도시의 가장 핫한 동네에 하수구 뚜껑이 열려서 물이 용솟음치고 사람이 빨려 들어가는 물난리를 현실에서 어떻게 봐야 하는지 마음이 착잡해진다.

차를 타고 강변 북로를 따라 달리다 보면 한강의 긴 길이에 물길이 굽이굽이 흐르는 것에 감탄이 저절로 난다. 맑은 강물과 점점 넓어지는 강폭에 어느 도시에 이런 맑은 물이 보존되었나 싶다. 자긍심과 애국심이 저절로 가득 해지면서 차량이 밀리는 짜증나는 지체

되는 현상도 저절로 사라진다.

물은 흐르면서 조용하다가도 하늘과 맞닿아 용솟음치면 사람과 자연이 한바탕 몸살을 앓아간다. 태풍과 큰비가 지나간 하늘은 가을이 성큼 다가와 높고 상쾌하게 푸르다.

저수지에서 물놀이하며 놀던 아이가 물고기 잡는다고 물을 움켜쥐고 꼬르륵 빠져 들어가 나오지 않아서 물난리를 겪었던 섬마을 장산도에서 기억까지 물과 관계된 일화가 줄줄이 엮어서 나오는 금년 여름은 무덥고 지루한 날씨이다.

산다는 것은 자연을 슬기롭게 대처하고 극복해나가는 과정이기는 하지만 더 이상 물난리로 하늘로 가는 인재는 없었으면 하는 바람이다. 물을 잘 다스릴 수 있어야 나라가 편하며 소시민이 살기 좋은 나라이다. 치산치수治山治水가 더욱 소중하다. (2022년)

명동의 추억

대한민국! 어디가 가장 복잡하고 화려한가요?

내가 가보고 싶고, 그곳에서 최고의 문화 혜택을 누리며 살고 싶기도 한 곳은 수도 서울이었다. 모든 교통의 요지이며 산업과 생산, 국가의 중요 기관이 있으며 문화의 중심부인 데다, 찬란한 빛으로 유혹하는 명동은 상권과 문화가 어우러져 관광의 거리가 되어 있으니 한 번쯤 가볼만한 곳이다. 방송에서는 중국인이 명동 상가에서 '싹쓸이 관광'을 한다고 요란스레 소식을 알려주기도 하고, 여름에는 전기 절약을 위해 문을 열고 장사하는 가게를 단속하는 곳으로 명동을 들추기도 한다. 땅값이 비싸며 상가 임대료가 너무 높아 장사를 해도 이익을 기대하기 어렵다고도 한다. 그런데도 명동은 인파로 뒤덮인다. 아주 매력적이고 비밀스런 무엇인가가 숨어 있는가보다.

내가 처음 명동에 간 것은 80년도 중반쯤이다. 우리 부부는 형제들이 상경하여 겨우 자리를 잡은 보광동의 좁은 주택에 와서 서울은 이런 곳인가 하고 몹시 실망스러워했다.

어느 해 방학을 이용하여 몇 달치 봉급을 모아서 상경하였다. 서울의 명소를 돌아다니며 1주일이 꿈처럼 지날 때 명동에 있는 큰 백화점에 가서 분홍색 블라우스와 부츠를 사주어서 한동안 예쁘게 입고 다녔다. 명동에서 산 것이라는 이유 때문으로 마음에 더 깊이 남아 멋진 서울 여행으로 기억된다. 명동의 좁은 골목과 번화한 거리가 배경이 되어주어서 그 기억은 더 화려하게 장식되었을 것이다.

그 후로 새세대육영회 주체의 유치원 교사 연수 참석으로 상경해서 서울을 택시로 질주하던 때도 명동은 차창 밖으로 지나가는 풍경이었다. 길을 잘 몰라서 명동을 가르쳐 주어도 위치 감각 제로였다. 명동은 신기한 별나라처럼 내게서 까마득히 먼 도회지의 특정 지역이었다.

90년대 말에 IMF가 오고 경제가 어려워지면서 교육사회에 명퇴 바람을 일으키며 정년단축이 있었다. 65세에서 63세로, 다시 62세로 3년이 단축되고 연금법까지 개정되었다. 나이 많은 노인은 지혜와 노련함으로 교육계에 공헌한다고 이해하는 게 아니라, 젊은 선생의 월급 2명분을 축내는 부류로 분류되어 추방해야 하는 '적'이 되는 시기였다. 미래를 내다보고 준비해야 할 교육적인 면보다 경제적 관점에서 보는 경제이론이 앞섰다. 결국 정년은 3년 단축되고 나이 드신 분은 명퇴금을 조금 받고 현직을 하나 둘 떠났다.

그래서 반발로 데모를 한다고 여의도에 집결하여 구호를 외치고 국회 앞으로 행진했다. 길을 막는 전경 앞에서 가까스로 몸을 추스르는 힘없는 선생님을 바라보는 마음이 안타까웠다. 그때 곁길로 걷다 보니 명동이었다. 명동 성당 입구에는 성당에 의지하는 이들이 천막을 치고 머리끈을 동여매고 농성 중이라 접근도 못했다. 성당의 경건함이 천막에 가려 두려움만 가득한 장소였다.

같은 학교에서 근무한 인연의 끈으로 엮인 다섯 명이 모여, 반짝이고 번화한 거리에서 서성거리다 낯익은 간판에 이끌려 '셀브르'에 들어갔다. 70년도에 유명한 음악인의 모임장소였는데, 문을 닫았다가 정비하여 개점한 지 얼마 되지 않는 생음악 찻집이었다. 저녁식사 후 그곳에서 음악 감상과 세상사 이야기를 하며 지내다 밤늦어 돌아왔다. 향기로움을 마음에 가득 담고 나와서 데모하러 간 초라함도 잊었다. 학교 사회는 명퇴의 아픈 흔적을 기간제 교사로 채워갔다. 이끌고 나갈 상위계층 상실로 업무가 과중한 부장 기피 현상까지 겹치며 학교 사회는 서서히 몸부림치며 변화되어 갔다.

오랜만에 손녀를 데리고 명동 성당에 갔다. 이제는 머리끈 동여맨 전사와 천막도 사라지고 아픈 역사를 위로하는 성지로 남았다. 한가한 방문자와 관광객의 화려한 옷차림으로 명동성당은 평화로워 보인다. 주먹을 휘둘러 구호를 외치고 찾던 모든 것이 해결되어

성당이 조용해진 것일까? 성호를 그으며 '감사합니다' 하고 지하 성당과 고백소도 돌아보고 세 살 손녀에게 '아멘'을 가르쳐 준다. 손녀도 하느님 사랑을 듬뿍 안고 신앙인으로 살아가도록 기도한다. 내려오는 언덕 길 상가에서는 중국인 관광객을 향한 외침과 길게 줄 서 있는 호떡 집 앞 풍경이 매우 정겨워진다.

우리의 일상 중 아련한 기억 속에서 대한민국의 가장 번화했던 명동에 대한 추억이 겨우 이런 것이라니…. 서울 사람이 되어 보니 축소되어 보인다. 세월이 넓혀놓은 내적 공간이 커진 탓도 있지만 문화 예술의 역사가 진득하게 밴 명동을 다시 만나고 싶다. 도시 속 보석처럼 빛나는 명동을 지나간다. 내가 명동을 새롭게 만드는 한 방울의 물이려니 생각해본다. 이 도시의 주인공은 화려한 불빛도 아니고 지나가는 관광객도 아니고 값나가는 땅값도 아니고 바로 사람이니까. (2018년)

원지와 갱지

카드를 넣고 복사기 좌판을 한참 들여다보다 2장을 클릭하고 시작 담추를 꾹 – 누르는 순간 복사 할 하얀 A4 용지는 쑥 – 빨려 들어가고 유난히 하얀 종이의 반짝임에 반 토막 나게 복사된 자료를 받아 들었다. 가로와 세로를 뒤바뀌게 한 실수를 인정하면서 순간의 선택이 이렇게 정확할 수 있나 싶어진다.

'라떼는 말이야…' 하고 옛날이야기를 하면 나이든 티를 내고 아재개그로 치부하지만 그래도 입에서는 지난 이야기를 달고 산다.

첫 발령 받아서 등사용품을 받았다. 작은 철판에 매끄러운 나무로 테를 두른 가리방과 얇은 원지가 가득 든 원지 묶음이다. 원지와 함께 필기도구는 뾰쪽한 송곳이 박힌 철필 한 자루였다.

가리방과 철필 그리고 원지는 학년에 배부되어서 주임선생님이 관리했다. 수업이 끝난 오후 시간에 사용하기에는 새내기들에게는 차례가 오지 않아서 철판을 떼어서 집에 들고 와서 연습을 했다. 철필 사용이 서툴러 글씨가 제멋대로 써져도 손가락에 온몸의 힘을 모아 정성을 들였다. 연습이 이어지다가 마침내 학년의 안내 글이 내 솜씨로 등사되어 배부되었다. 쪽지평가문제와 각종 서류들이 철필 사용연습으로 단련될 때에는 한 몫을 해내는 학년의 일원이 되어갔다.

철필이 너무 딱딱해서 찾아 낸 것이 잉크가 다 닳아 없어진 하얀 원조 모나미 볼펜이다. 이것도 오래 사용하면 등사가 잘 안 나와서 어디서든 버리는 볼펜을 만나면 소중하고 반가웠다. 원지는 너무 얄팍하고 예민해서 글씨가 범벅이 되기도 하고 자를 대고 줄을 그어 놓으면 쉽게 찢어졌다. 내공이 쌓이면 촛농으로 살짝 붙여서 줄을 없애기도 한다. 찢어진 원지는 등사할 때 밀대로 세게 누르면 벌어져서 통째로 망치는 경우도 생긴다. 점점 시절이 좋아져서 가르방을 혼자서 사용하게 되고 원지도 한 통을 배당받았을 때쯤에는 일거리도 산적해졌다. 등사실에서 시꺼먼 잉크를 옷에 묻혀가면서 월말고사 예상지를 만들던 열정이 살아있던 시절 이야기이다.

원지와 함께 누르스름한 종이 갱지도 추억의 일부분이다. 등사실에는 갱지가 산더미로 쌓이고 모든 종이는 갱지의 세상으로 이루어졌다. 등사를 맡아서 해주는 기사님은 100장을 한 묶음으로 넘기고 밀대를 미는 기술이 뛰어났다. 반별 재적수를 기록한 판을 만들어 걸어 두었지만 전학으로 등사물이 부족하면 낭패다. 원지가 등사판에 부착되어 있으면 다행이지만 떼어 내버리면 다시 복사를 할 수가 없으니 그냥 낭감할 뿐이다. 그때의 기사님은 등사하는 일이 주 업무가 아니고 교내의 잡일과 병행해서 처리했다. 아침부터 등사실에 원지를 가져다 드리고 부탁을 해두어도 급한 힘든 일이 발생하면 기사님의 손이 등사하는 일을 처리 못했다. 쉬는 시간이나 점심시간에라도 등사실로 달려갔다. 하교 전에 배부를 할 수 있게 안내장과 학습지가 등사되는 것에 모든 신경을 곤두세웠다.

이런 수고로움을 덜어준 것은 80년대 후반부터 수동복사기가 사용되면서 가르방과 철필은 사라졌다. 그리고 등사실이 변했다. 장소의 이동이다.

점점 깔끔하게 변하여 교무실에 입성하였다. 비좁고 검은 잉크냄새와 등사를 끝낸 원지의 지저분한 모습이 시간을 따라 사라졌다. 복사기는 컴퓨터와 결합하여 일상에서 가장 가까이 상주하게 되었다. 냉장고가 창고에서 주방으로 자리이동을 해서 편리해지고 모양의 변화를 이룬 것처럼 등사기가 멋진 복사기로 변모했다.

컴퓨터마다 붙어 있는 프린터기가 복사기의 일을 덜어준다.

종이도 갱지에서 순백의 A4 용지로 바뀌었다. 양면 복사에 총 천연색까지 넣어서 사진처럼 깔끔하게 갱지와는 차원이 다른 A4 용지의 위용을 뽐내며 자랑한다.

몸이 기억한다고 하는데 오른손 손가락 끝에 지금도 철필을 사용하였던 추억이 남아서 컴퓨터 자판을 두드리고 복사기를 클릭하고 있다.

처음 갱지에서 복사지 A4 용지를 사용할 때는 너무나 아깝고 낭비라는 생각이 지배했으나 지금은 그냥 일상이 되었다. 점점 발전했다는 좋은 방향으로 생각해본다.

습관이 이렇게 중요하다.

철필로 다 쓴 볼펜으로 그리고 지금은 컴퓨터 자판으로 그림을 그리는 컴퓨터 펜슬로 참 많이 발전했다. 힘주어 애쓰던 필기구의 변천이 손가락 끝에 남아 있어서 오른손 검지가 더 뭉툭하다. 그런 검지로 힘들이지 않고 편리한 프린터기와 복사기를 클릭한다. 시간이 지나면서 새로운 물건은 쏟아져 나온다. 그리고 원지와 갱지의 추억은 박물관에 전시되고 일상에서는 점점 사라져 간다. (2020년)

축대의 비밀

처음 그곳에 갔을 때 산길 초입처럼 우거진 풀숲 사이에 자연석으로 쌓아 놓은 화단이 있는 언덕길을 걸어 올라갔다. 바위윗길에 개나리가 늘어진 가지로 샛노란 꽃이 피어있어 삭막함을 감추고 있었다. 운동장에 들어서자 보이지 않던 사 층 건물이 산을 배경으로 보였다.

중앙 현관을 들어서자 뒷문으로 보이는 벽이 내 눈을 자꾸 끌어당긴다.

첫 관리자 발령으로 갔던 곳에 4층 건물 높이로 시멘트축대가 있었다.

시멘트를 부어서 찍어낸 사각 틀이 커다란 층을 이룬 축대다.

배수로인지 곳곳에 둥근 통이 박혀서 비 오는 날은 물을 울컥 쏟아내기도 한다.

축대 앞에 서서 올려다보면, 교사와의 가까운 거리 때문인지 그림자로 어두운 습기가 가득했다. 실제로는 바람이 잘 통해서 건조했는데 마음이 오싹해지던 축대였다.

"위험하지 않나요?" "안전 검사는 했어요?" "사고는 없었습니까?"

그런 내 물음에 모두 웃는 얼굴로 "걱정 마세요"였다.

며칠 후 걱정이 많은 축대가 있는 산 위로 올라가서 안전함을 확인시켜 주겠다고 했다. 자물쇠가 달린 조그만 철문을 열고 축대 위로 향한 산길을 따라 올라갔다.

물받이용인지 축대를 따라 도랑이 길게 파여 있고 접근을 못하게 철망도 쳐져 있어서 낭떠러지로 떨어지는 일은 없을 것 같았다. 칡덩굴이 축대 맨 위쪽을 감싸기도 하고 위쪽으로 갈수록 안전해 보였다. 산에서 흙이 빗물에 내려와 고랑에 쌓이면 물 흐름을 방해하므로 가끔 수로 정비는 한다고 하니 더욱 안심이 되었다.

그런데 축대 끝에 도달하니, 새순을 내민 두릅나무가 군락지를 이루고 있었다.

그동안의 걱정은 봄 향기에 살포시 내려놓고 가시를 피해 새순을 꺾었다.

추리닝 양 주머니, 두 손 가득 따온 두릅은 그날 급식시간에 초

고추장을 발라 맛있게 먹었다. 근심 걱정을 발아래 모두 내려놓았다. 마음이 아주 시원해지지는 않았지만 안전진단도 받는다고 하니 쳐다보는 축대가 금방 무너질 일은 없을 것으로 여겼다.

"축대를 이용해 절벽등산 체험장을 만들어 보면 좋을 것 같아요." 의견을 내기도 했지만 위험해 보이는 축대는 아찔한 그냥 축대이다.

신천(강)이 가까이 있고 접경 지역이다 보니 원시림 같은 숲길이 많은 곳이다. 강이 범람하여 저지대에 있던 학교는 침수하여 이곳 산을 깎은 고지대로 이전했다.

저지대의 학교는 폐허의 모습으로 남아 있어 을씨년스럽고, 혹시 밤에는 귀신이 곡 하는 것이 아닌가 할 정도였다. 운동장은 잡풀로 가득하고 민가가 가까이 있어 무섭기도 하겠는데 방치되어 있었다. 경제가 좋아지면 고급 호텔이 지어진다고 했다. 홍수를 예방할 장소를 찾아서 새로 이전한 학교 부지는 산을 깎아서 마련하다 보니 그런 높은 축대가 있는 특이한 곳이 된 것이다.

정말로는 이곳에 발령 났을 때 많이 울었다. 집안 사정상 방을 얻어 이사 갈 수도 없었다. 아주 예상 밖의 난감한 일이었다.

1년 참으면 되는 줄 알았더니 작년에 인사규정이 바뀌어 2년간은 꼼짝 없이 있어야 하는 것도 마음이 짠하다. 출근 시간만 두 시간이 소요되니 하루에 네 시간은 지하철에서 보낸다. 소설책에서만 읽었던 미군이 주둔하는 관광특구가 있는 곳이다.

판문점에 갔을 때 "여기는 연합군이 주둔하면서 휴전 협정을 하는 곳입니다"라는 말을 들은 때처럼 그곳은 범접할 수 없는 무언가가 감돌고 있는 곳으로 여겼다.

그렇게 막연한 불안을 안고 있는 내게 높다란 축대는 서둘러 마음을 열지 못했다.

거대한 축대 밑에 손바닥 크기의 작은 텃밭을 만들고 상추를 심었다. 물론 내가 한 것이 아니고 싹싹한 성격의 기사가 만들고 모두에게 개방했다. 서로 가꾸고 길러 싱싱한 상추로 삼겹살 파티를 하자고 —

깻잎도 자라고 상추가 잎을 크게 피운 날 축대 앞에는 맛있는 냄새가 진동하고 웃음소리가 가득 퍼졌다. 네모반듯한 축대의 무늬는 알록달록한 카펫이 되어 소나무 숲으로 소통의 길을 만들었다.

있는 그대로의 나를 받아들였다. 주어진 2년을 알차게 보내리라. 내가 몰랐던 새로운 장소와 세계를 경험하게 되고 영역을 넓혔으니 또한 기쁨이리라.

처음 본 무너질 것을 걱정했던 기우가 사라지며 즐겨 본다.

"축대도 함께하자. 건배!" (2017년)

호두나무 아래서

    슬라이스 아몬드와 호두를 한 봉지씩 구입했다.

    작은 멸치를 볶을 때 함께 넣어 만들면 고소하고 보기도 좋아 맛깔스러워진다.

    견과류를 지금은 마음껏 골라서 구입하고 먹을 수 있는 시절이 되다보니 부자가 된 기분이다. 내게는 호두에 대한 아련한 기억과 고소한 추억이 버무려져서 한 편의 영화 장면을 떠오르게도 한다.

    청담역 지하상가를 지나면서 판매하는 매우 많이 담긴 토종 호두 자루를 본다. 언제인가 저 호두를 자루째 구입하고 싶은 충동을 희망에 날려 보내기도 한다.

    교사가 되기 전에 가창을 담당하는 교수님은 레슨을 하는 동안 몹시 예민했다.

연습에 연습을 해서 차례를 기다리는 조급한 마음에 첫 음절이 음정과 박자에 흔들리며 목에서 삑- 소리가 날 때는 다급한 상황에 조금도 배려가 없었다. 앞 번호 몇 명이 가창을 하는 동안에 음정, 박자가 안 맞으면 고향의 이름을 따서 '○○귀신'이라고 불호령이 내렸다. 내 차례가 되었을 때 내 성씨만 보고도 호두를 가져 오면 통과라고 했다.

70년대에는 지금처럼 호두가 흔한 시절도 아니어서 가창 레슨 시간은 속절없었다. 마을에 호두나무가 줄줄이 서 있는 기억은 있지만 호두가 그냥 손에 들어오는 횡재는 없다. 계절적 요인이 결합되어야 겨우 얻을 수 있는 것이다. 가창 수업의 엄격한 사항들에 교수님의 농담으로 흐르는 듯 시간은 잘 지나갔다. 나의 가창실력으로는 조금도 통과를 못했다. 조바심에 오르간 실에 가서 목청을 돋우어 봐도 별수 없었다. 보다 못한 가창을 잘하는 반 친구들이 연습시켜 주어서 겨우 단숨에 통과를 했다. 호두가 없었는데 통과하는 날이다.

"너 음치는 아니어서 할 수 있다. 그래도 호두는 잊지 말아라."

교수님의 따뜻한 호두사랑에 가창 시간은 통과의 절차에 따라 이수할 수 있었다. 그런 호두를 마음속에 간직하며 도대체 그 호두는 양과 질 중에서 가치를 따져 가며 어떤 걸 가져가야 되었던가?

호두 없이 가창시간을 이수하고 지금도 풀지 못한 숙제처럼 여운이 남아있었다.

고향 마을에 갔을 때 비탈길에 있는 호두나무 아래로 달려갔다. 억불산 등산로 초입의 비탈길에 이십여 그루가 한 줄로 서 있었다. 여러 호두나무 중에서 어른들이 가장 선호하던 아주 크고 동그란 호두가 열리는 나무를 쳐다봤다. 다른 나무에 비해서 가지가 꺾이고 더 몸살을 앓아서인지 비실거리게 보였다. 보통 평범한 호두는 어쩌다 떨어져도 발로 밟아서 알맹이를 가져가도 그렇게 좋아하지 않았다. 그런데 크고 동그래서 어른들 손에 2개씩 쥐고 조물거리는 운동기구로 사용하는 특별난 호두는 유명세를 온몸으로 받았다. 사람도 마찬가지로 조금만 잘나도 유명 인사가 되어 세파에 몹시도 흔들리며 시달리는 것처럼 매년 수확하는 양이 적어 귀한 존재이다. 태풍이 지나간 날 송두리째 떨어진 동그란 호두를 보면 큰 횡재를 한 것처럼 무척이나 좋아한다. 식용보다는 다수에게 나누는 즐거움이 컸던 것이다.

무르익기도 전에 돌멩이 세례도 받고 나무에 기어 올라가 가지를 통째로 꺾기도 하면서 호두나무를 괴롭혀서 멀리서 쳐다봐도 금방 표시가 났다. 유능한 사람이 괴롭힘을 받은 것처럼 평범하지 못하고 호두가 너무 잘나서 다수의 사랑을 받았다.

마을 집집마다 서랍에는 호두 한두 알 정도는 쉽게 보관하고 있었다. 나이든 남자 어른들이 더 좋아한 호두는 손때가 묻고 기름칠도 하고 사장 나무 아래서 쉴 때는 누구 것이 더 동그랗고 잘 생겼는지도 자랑을 했다. 그리고 손 운동으로 건강을 덤으로 받았다.

신사복을 입고 읍내에 나들이 갈 때도 호두 알은 손안에서 달그락거리며 세상 구경도 한다. 호두나무의 소문은 더 넓은 곳으로 훨훨 날아서 고향 이름 뒤에 호두의 주산지가 되어서 소문이 파다하게 퍼진 것을 나만 몰랐다.

동그란 모양새가 좋은 호두를 교수님은 바랐을 것으로 내 마음은 해결이 되었다. 그리고 마을 가까이에 '호두 박물관'이 세워졌다는 소식을 들었다.

마을 사람들은 호두나무 아래를 지나갈 수밖에 없었다.

억불산 중턱 넓은 산자락에 밭을 일구어 생계를 해결했기 때문이다. 밭에 가려면 호두나무가 있는 좁은 밭길을 지나간다. 나무 아래는 비탈지고 어린 내게는 낭떠러지로 보이며 여름에 더욱 시원한 바람과 그늘을 주었다. 길 아래에 전나무 묘목이 가득한 밭이 가물거린다. 그때는 민둥산인 억불산을 뒤덮을 나무의 어린 시절이다.

호두는 그냥 간식도 아니고 음식을 만들어 먹을지도 모르던 시절을 지나 요즘은 알맹이 모양이 뇌를 닮았다고 영양의 보고로 매일 한 줌씩 먹으라고 권장한다.

거기에 수입산 호두가 판을 치고 있다.

내게 가창을 가르쳐준 친구는 오랜 시간이 지난 다음에 5년을 한 학교에서 근무해서 새롭게 우정을 쌓아가며 이어졌다. 과수원을 하면서 단감나무를 심어 푸른 유월이 오면 손톱 밑이 새까맣게 아기감을 솎아내었다. 작은 쪽가위가 있지만 마음이 바빠서 손으로 하다보면 그런다고 했던 친구가 그립기도 한다.

가만히 노래를 부른다. 목구멍 속으로 소리가 기어 들어가 숨이 차오른다.

노래에 대한 자신감 상실로 가창 실력은 조금씩 쪼그라들었다. 노래방에서 마이크를 다루는 것도 멋진 노래를 부르는 방법이라지만 점점 노래를 듣는 일도 멀리한다. 그리고 지금은 시간이 지나 목이 대놓고 음치가 되어가고 있으니 동그란 호두의 처방이 꼭 필요하다. 호두나무의 시원한 그늘이 그리운 6월이다. (2022년)

달콤한 깨엿 맛

"이것은 꼭 사진 찍어서 올려야 돼요."

차도와 인도의 경계석이 파손되어 위험한 상황이다. 핸드폰 카메라를 가로로 고정하며 찰칵거린다. 가까이 자세히, 또 멀리서 주소나 상가 간판 이름이 잘 나오게 찍는다. 위치를 알려주는 사진을 몇 장 더 찍는다. 시니어 안전모니터링 밴드에 사진을 올리고 현 주소를 찾아 표시하고 상황을 간단하게 글로 작성한 후 완성한다.

연금공단에서는 가끔 시니어 봉사 활동하라고 문자가 온다.

관심 없던 내게 깨엿 맛을 보여준 활동이 도서관 책 정리였다. 주1회 3시간 책 정리하는 것은 재미있었다. 도서실 교실을 사용한 반을 맡아서 도서와 관련된 분장 사무를 맡았던 기억이 있어서 더욱 좋았다. 퇴직해서 잠자던 내 몸의 신경을 송두리째 깨워주며 활력소를 들이부어 주었다. 코로나로 일이 끊기기 전까지는. 그리고 지루한 긴 시간이 지났다.

봄에 새싹이 돋아나듯이 다시 일터를 찾았다.

시니어클럽에서 활동할 시니어 안전모니터링 활동 모집에 퇴직자들이 많이 참석하라는 공단의 안내였다. 전화로 확인한 후에 서류를 제출하고 면접까지 보고 나니 새로 입사한 신입사원처럼 마음이 설레었다. 첫 연수 때는 젊은 시절의 열심히 근무하던 때를 떠올리며 간단한 내용이지만 온 신경을 집중하여 내용을 숙지하였다. 연수는 매월 한 번씩 하며 시니어로서 품격을 갖추도록 도움을 주는 내용과 도로를 걷기에 안전에 주의할 내용이다.

시니어 교통안전 모니터링 일은 길거리를 걸으며 하는 일이다. 코로나 바이러스 감염의 우려를 말끔히 씻고 운동도 된다. 이인일조로 활동하는 일이라서 심심하지도 않고 대화의 장이 된다. 내가 사는 동네를 한 바퀴 돌며 찾아낸 교통에 대한 안전 모니터링을 하는 일은 봉사 눈뜨기가 되었다. 그동안 못 보았던 것이 보이며 새로운 눈이 생기는 계기가 되었다. 나이 들면서 돋보기 쓰며 찡그려 보던 시야를 넓히며 애향심을 마음껏 발휘해 본다. 신호등과 장애인 안내 방송 벨까지 차도의 싱크홀 현상, 횡단보도의 움푹 패인 자국들, 차가 많이 지나가서 지워진 차선과 횡단보도 선, 가로수의 상태, 인도의 보도블록과 경계석 파손, 인도에 쓰레기 방치, 전선과 전신주의 불편까지, 가지가지 챙길 것이 많다. 그래도 교통에 관계되지 않는 고발에 관한 사항은 거절한다.

새로운 사람과 격의 없이 바로 친해진다는 것은 나이 들어서 더욱 어렵다. 그러나 일을 사이에 두고 친교하는 건 훨씬 수월하다고 해도 둘이서 걸으며 다정해져 속내를 드러내기까지는 더딘 시간이 지나야 한다. 그래서 사진 찍은 일이 끝나면 그냥 일상으로 돌아가 버리는 그런 일의 짝이 아니라 새로운 관계를 형성해나가야 한다. 둘이서 열심히 활동으로 올린 많은 사진은 시간의 역사를 만들어 우정의 탑을 쌓아간다. 나이 들어서는 재미를 붙인 소일거리와 대화할 친구가 있는 것이 필수 요건이라는데 일거리와 친구가 생겨서 활동하는 날이 이제는 은근히 기다려진다.

매일 아침 손녀의 등교를 도와주고 있다. 등교하는 길은 경사가 진 언덕배기 길이다. 후문 앞에 등하교 학생들을 보호하기 위해 설치된 차도와 인도 가로막이 뽑혀서 울타리에 걸쳐져 있었다. 보수해 달라고 사진을 올렸는데도 몇 달이 그냥 흘러가서 또 올렸더니 최근에 말끔히 수리되어 현장감 있는 사진을 복지사에게 보내며 고맙다고 했다. 손녀는 더욱 신기해하면서 할머니가 하는 일이 우리가 사는 마을에 변화를 주는 일이라고 좋아했다. 이렇게 작은 일이 모두에게 혜택을 주고 커다란 파장이 되어 퍼져 나가기를 바란다. 퇴직교사들에게 일거리 창출도 되고 운동과 겸하고 친교 할 대상이 만들어지니 우리나라 참 좋은 나라가 맞다.

활동을 할 때 밴드에 올려서 변화된 장소를 지나간다.

시니어 둘이 마치 커다란 프로젝트를 완성한 듯 어깨를 으쓱 올려 본다. 이렇게 좋아졌네요. 하며 다시 매의 눈을 굴리며 일거리를 찾는다. 그래서 인도와 차도는 시니어 둘이 지나가는 곳마다 매우 좋아지고 있다.

요즘은 가로수 정비단과 도로 보수단의 차량과 마주치는 일이 많다. 코로나 유행이 한창일 때는 인력 부족으로 보수되는 일이 느려서 안타까웠지만 지금은 좋아져서 보수가 빨라졌다.

아쉬운 점은 바로 사적인 공간이다. 좁은 인도를 점거하는 것은 영업상 필요할 수도 있지만 몹시 파손되거나 쓰레기를 잔뜩 쌓아서 미관을 해치는 일은 활동할 때마다 안타까웠다. 가장 살고 싶은 동네로 호가 났어도 골목골목이 정비되어 청결하고 안전한 거리가 되는 것이 좋지만 사람 나고 동네 났다고 이해하고 싶기도 하다.

TV에서 '동네 한바퀴'를 시청할 때마다 마을의 명소를 찾아 안내하는 내용이 좋아보였다. 내가 사는 동네를 위하여 핸드폰을 들고 거리를 누비는 시니어의 작은 힘이 살고 있는 마을을 빛나게 하는 밑거름이 되는 것에 보람이 있다. 구석에서 잘 보이지 않는 인도의 보도블록 파손된 것을 보수하는 것은 큰 힘의 밑거름이다.

개인이 한 일이 모이고 모여 국가의 모습이듯 시니어들의 작은 힘이 모여 안전하고 아름다운 도시를 가꾸며 큰 결과를 낳는데 힘이 된다. 미력하나마 시니어 봉사 활동으로 거대한 도시의 흠을 찾아 변화하게 만든다.

젊어서 일하고 퇴직 연금 받아 생활하는 것도 좋지만, 조금의 긴장과 집중력을 필요로 하는 일을 하는 것이 첨가되니 더욱 좋다. 내가 하는 일이 사회에 긍정적 변화를 불러오니 어찌 아니 기분 좋겠는가.

마을을 지키는 일에 오늘도 보람을 찾아 힘차게 출발한다. 노년에 달콤한 깨엿 하나 입에 넣고 입안 가득 고소한 행복을 씹는다. 무료를 씹는 게 아니라 일을 씹는다. 아니 잊혀진 맛을 찾는다.
(2023년)

불편하게 하는 작은 일

와이퍼를 작동하여 이슬처럼 내리는 빗물을 닦아 낸다.

옆 좌석에는 서류 뭉치들이 고개를 내밀며 가방이 쓰러질듯 기대고 있다. '이런 날은 그냥 운전하고 한없이 가볼까? 내가 없으면 어떻게 될까.' 벚꽃이 만발한 날이나, 붉은 단풍이 손짓하는 순간에는 어김없이 마음자리를 파고드는 유혹이지만 단 한 번도 행동으로 옮겨보지 못했다. 빗물이 자동차 유리창에 '올챙이 무늬'를 그리며 내릴 때는 더욱 절실하게 해보고 싶어진다.

그렇지만 현실을 도피하고 싶은 충동을 우울하게 꿀꺽 삼킨다.

부엽토처럼 푹 삭은 내 마음을 감추고 상냥함으로 치장하고 씩씩하게 하루일과를 지휘(?) 해 나가던 직장을 정년퇴직해서 나왔다.

'그놈의 책임감 버리고 살아야지…'

고삐 풀린 송아지처럼 온갖 자유를 누리며 살아가야지 하는 단단한 각오까지 세웠다. 가까운 주변에서부터 책임감 없이 살자고 작정을 했건만 나는 주변에 대고 지적질하고 싶은 충동이 수시로 일어나서 참기가 어렵다.

어느 날, 성당의 신심활동 행사로 자연보호를 하러 갔다. 길거리로 집게 들고 나가면 가로수 밑의 으슥한 곳과 환풍구 사이로 쑤셔넣은 담배꽁초를 만난다. 깊숙이 뒤틀려오는 마음을 꾹 집어 올려 비닐봉지에 가두어서 버린다. 낮은 담 위에 살짝 올려진 1회용 투명한 커피 잔을 보면 버린 이의 마음이 보여서 가까스로 외면해본다.

'내 책임은 아니다.'

누군가 치우는 사람의 일터를 유지해 주는 것에 일조한 사람으로 치부해본다.

인간은 본능이나 충동을 소유하고 있을 뿐 충동적이거나 본능만을 추구하는 존재가 아니고 책임을 의식하는 책임 존재임을 알아가면서도 참 어렵다.

주차장이 부족한 도심에 살고 있기에 아파트에 주차하러 들어 올 때는 전화로 부탁해서 다급하게 주차한다. 나갈 때는 그냥 사라지는 일도 다반사다. 카톡으로 '이제 나갑니다' 하고 배려해서 알려주기를 맘에 두면 옹졸해진다.

석천호숫가를 걷다가 신발에 묻을 뻔한 개똥을 재수 없다고 핑계 대보자. 설사였으니 개주인인들 방법이 없었겠지. 걷기 편하라고 깔아 놓은 우레탄 위에 사람이나 개도 같은 수준으로 걷는 자유를 누리고 싶었겠다.

2월에 제주 올레 길을 걷다가 만난 그 많은 쓰레기들은 어떠했는가. 멀리서 보면 더욱 아름다운 오름의 나무 사이사이에 버린 양심이 내 맘 속에 뒤틀려 용오름으로 솟아나는 이놈의 책임감! 내 손발이 부족하여 차라리 두 눈을 감는다. 여행의 해방감에 젖어서 차창 밖으로 던진 감당하기 어려운 1회용 용품들을 줍는 인력 부족으로 여겨보자. 지적질 수준인 책임감을 감추고 바람처럼 살랑거리며 지나가자. 멀리 보이는 삼방산은 출입이 통제되어 치료중이란다. 당분간 매일 버려진 쓰레기 몸살은 면해서 좋겠구나 싶었다.

사람의 발걸음이 멈추고, 자연적으로 치유되어 건강해져서 다시 개방할 때를 기다려본다.

결석하면 무슨 일이 생길 것 같은 강박증에 전전긍긍하며 지낸 세월을 흘려보냈다. 바로 서지 못한 일과 직면하면 지적질로 시작되어 채우고 비우고 바로 설 때까지 힘을 다 쏟아 붓는다. 다각도로 생각하고 시도해 보는 것이 병적이다.

붉은 벽돌로 만든 아파트 담벼락이 담배꽁초 버리기에 딱 맞춤으로 층층이 공간을 만든다. 그곳이 담배꽁초를 버려서 재떨이가 된 것이다. 지나가면서 흘깃거렸다. 새벽미사 참석하고 돌아오는 길에 아무도 지나가지 않기에 담장에 기어 오른 마른 장미나무 가지를 꺾어서 벽돌 사이에 꼬깃꼬깃하게 박힌 꽁초를 파내어 바닥으로 떨어뜨린다. 청소하러 나온 이가 보고 싱긋 웃는다.

바닥에 버리면 모두 쓸어 모아서 청소가 되는데 틈 사이에 넣는 심리가 이해하기 어렵다. 점심시간이 지나고 나면 또 재떨이가 되었을 장소이지만, 우선은 새벽 공기처럼 깨끗해져서 좋다. 꼬깃꼬깃 구겨둔 책임감을 펼쳐서 보이는 대로 행동으로 옮겨본다. 칭찬도 못 받으면서 하는 짓을 병적인 내 책임감이 스스로를 가둔다.

무엇이 진실한 마음으로 사람다워지는지 모를 일이다. 사회봉사라는 것은 그들을 고치는 것이 아니라 내가 조금씩 다가가서 변해가는 것이라고 한다. 봉사하는 마음이 병적인 내 강박증을 말끔히 씻어주며 다독여 준다. 불편하게 하는 작은 일에 온 힘을 다해서 시력을 낮추어 본다.

가르치는 일이 배우는 것이라고 했던가. 탓하고 지적질하던 나의 일상을 바꾸어본다. 모두가 한마음으로 가르치듯 행동한다면 사회 질서는 좋아지겠지만 돌이켜보면 더 큰 의미의 선행이나 정의 구현을 누군가가 들고일어나 낱낱이 파헤치며 지적질한다면 이 또한 불편한 일이 될 것이다. 어떤 질서나 가치라도 자각하고 변화되어 스스로 행동할 때 아름다움은 피어날 것이다.

이제 말없이 변화시키는 자세로 동참하기로 마음 고쳐먹는다.

(2023년)

모자가 된 자전거

"어머니, 자전거 열쇠 비밀번호를 알려 주세요."

"글쎄… 4년 전에… 맞다, 수첩에 적어 두었는데 문갑 서랍에 있는 파란 수첩에 번호를 적어 두었다." 세 시간 반 동안 버스를 타고 가고 있는 상황이라 며느리의 전화에 어리둥절했다. 좁은 베란다에 자리를 차지한 자전거를 손녀 모자와 바꾸기로 했단다. 조금 빨리 알려주지.

목감천에서 타고 다니던 자전거는 무릎을 몹시 아프게 했다. 안장이 자꾸만 내려가서 무릎을 구부려서 그런 것이다. 며느리가 사은품으로 받아서 그런다고 타지 말라고 해도 끌고 다녔는데 아쉽다. 이별할 틈도 없이 손녀의 모자가 된단다. 중고물건을 인터넷에 사진과 설명을 올리면 교환하거나 싸게 팔거나 해서 거래가 된다고 한다. 한강 자전거 길에 나가면 오만가지 모형의 멋진 자전거의 행렬에 기죽어 바람 한번 쐬지 못한 자전거에 미련을 버리자.

내게 자전거는 새로운 도전이었다.

자전거포 앞에는 새로운 자전거가 줄 서 있었고, 새로 부임하는 분들과 인사를 하고 자전거를 탔다. 길안내를 하듯이 출발은 먼저였으나 모두 앞서간다.

"내리막길은 핸들을 잡아주는 것이지요?" 눈을 부릅뜨고 양손으로 핸들을 꽉 쥐는 순간 하늘로 날아올랐다. 내리막길에 S자로 돌아가는 길은 처음이라서 순간 판단이 흐려졌다. 짚단을 쌓아 놓은 위로 몸이 떨어져서 다행이고 새 자전거는 앞에 달린 시장바구니가 반쯤 오그라들어 물이 고인 논바닥에 내리 처박혔다. 창피하고, 연습 동안의 노력이 머릿속으로 솔솔 올라와 부끄러움에 고개가 저절로 숙여졌다. 3월 2일 첫날 부임하는 분들 앞에서, 흙 묻은 자전거와 검불을 매달고 후줄근한 모습을 보여 주었으니 지금도 마음이 시리다. 자전거는 다시 쳐다보지도 못하고 퇴근은 걷고 아침에는 택시를 탔다. 맡겨두기로 한 자전거포에서 핸들은 수리하고 바구니도 펴주어서 아무렇지 않은 듯이 반짝이는 자전거가 내심 미웠다. 환급하면 반값에 사준다니 더욱 마음이 아팠다.

동료들이 나보란 듯이 창고에 있는 내 자전거를 타고 돌아다닌다.

"자전거를 왜 그냥 두고 보기만 해 그래서 시험해 보려고 타보니 괜찮은데 타고 다녀 봐요. 처음부터 욕심 내지 말고 차 안 다니는 농로로만 다녀요." 두려움에 엄두를 못 내고 망설이는 마음에 한술 더해준다.

출퇴근 시간에 지하철을 타면 출근하는 사람들로 붐빈다. 특히 다닥다닥 붙어서 숨쉬기도 어렵고, 산소 부족으로 현기증이 나도록 가득이다. 그래서 출퇴근 시간을 되도록이면 피해 다닌다. 지금도 장거리 출퇴근은 새로운 과제를 내어준다. 출퇴근이 문제였던 90년대 초에 자전거는 해결사였다. 집에서 시외버스를 타고 터미널에 도착하면 3km 정도의 거리에 직장이 있어서 걷기도 택시 타기도 어려웠다. 4명이 대합실에 모여서 택시를 타고 출근하는데 시간을 맞추기 힘들었다. 핸드폰이 없던 시절이라서 더 그랬다.

2월이 되면서 전근으로 택시 타고 다니기가 어려워 남자 동료들처럼 자전거를 타기로 정하고 연습을 했다. 운동장에서는 너무나 쉽게 잘 달리며, 타고 내리고, 아이들이 놀고 있는 사이사이를 잘 지나다니는 것으로 연습 끝이었다. 모래가 많은 운동장은 적당한 미끄럼 방지가 되어 좋지만, 아스팔트의 미끄러움은 생각 밖의 일이었다. 그런데 이것도 적응이 되었다. 큰길까지 자전거를 타고 나가서 돌아오기를 반복했다.

자전거포에 가서 키에 맞는 자전거에 안장도 높이를 맞추고 편리한 바구니가 달린 연초록색의 자전거를 샀다. 사장은 1년 동안 맡겨 두고 수리도 잘 해주겠다고 구두계약을 했다. 그런데 첫날 대형 사고가 나고 자전거는 한 달 동안 창고에 고이 모셔졌다. 운동장에 아이들이 자전거를 타고 놀고 있는 모습을 창밖으로 바라보며 '나도 탈 수 있다'는 생각이 고개를 내밀어도 '그러다 사고라도 나면' 싹이 잘린다. 일요일 일직 서는 아무도 없는 날 내 자전거를 끌고 운동장으로 나갔다. 타보니 쉽게 미끄러져간다. 동쪽 끝에 있는 내리막길을 올라가 보고 왼손 브레이크를 잡으며 내려와 본다. 된다!

그렇게 조금씩 타다가 큰 길가로 나가보고 출퇴근에는 차가 다니지 않는 농로로 다니고 차가 가까이 오면 내려서 끌고 다녔다.

트럭이 바람을 쌩-하고 일으키며 지나가도 실력이 늘어서 이제 내리지 않는다. 교통이 복잡한 나주역 남외동 거리도 비집고 다닌다. 노점상이 떠들썩한 장날에는 점심식사 때 먹을거리를 바구니에 가득 담아 출근하고, 5학년인 아들을 뒤에 태우고 퇴근하기도 했다. 그렇게 익숙해져서 2년 동안을 자전거 출퇴근을 하고 경기도로 이사 오면서 자전거포에 자전거를 주고 왔다. 이제 몸이 기억해서인지 자전거는 잘 탄다. 세상 좋아져서 자가용 운전할 때에도 도움이 되었다. 축적된 경험이 생활의 지혜를 주었다.

이제 내 소유의 자전거는 없다.

자전거의 빈자리는 한강 자전거 길에서 만나는 수많은 멋진 자전거에서 찾아야겠다. (2017년)

왔다가 하루 만에 갔다

좋은 일이 있으려면 상서로운 징조도 함께 나타난다.

마음을 설레게 하고 숨죽여 기다리는 시간이 흘러가도 무심한 척 외면하기가 그렇게 힘들었던 것을 오늘 아침에 활짝 터트리고 말았더냐? 환영의 나팔소리 요란하게 듣고 싶어 딱 오늘에 맞추어 꽃이 피었다.

2018년 4월 27일 새벽부터 TV화면은 남북 정상회담이 판문점 평화의 집에서 열린다고 정규 방송을 내리고 중계방송에 열기를 뿜어낸다. 이런 좋은 날 새벽에 어제까지 봉오리 맺혀있던 귀한 꽃이 활짝 피어서 좋은 징조를 예상하게 한다.

주먹 크기의 둥근 선인장이 우리 집에서 함께 살게 된 것은 까마득하게 오래전 일이다. 기억으로는 추레한 모습으로 작은 화분에 담겨왔다. 삶에 시달려서 가시만 뽀쪽 내밀고 마른주름에 병들어 군데군데 얼룩진 것으로 봐서 버려져 주워온 것이다.

더 큰 화분으로 옮겨 심었다. '우박'이라는 말똥구리가 굴려 놓은 것 같은 거름도 올려주고 물을 듬뿍 주며 한쪽에 자리를 마련해두었다. 잊어 버려도 푸르러지고 싱싱해졌다. 잔손질을 거부하며 한쪽 구석에서 온 힘을 다하여 혼자 살아났다. 그러더니 방울방울 새끼들이 매달리기 시작했다.

구슬만큼 커지면 작은 뿌리가 겹으로 2mm정도 나오며 스스로 뚝 떨어져 독립을 한다. 너무 많이 번식하여 어떻게 주체할 수 없을 정도이다.

흥부네 아이들처럼 올망졸망 매달리는 새끼들을 마른 흙에 내려 주어도 금방 자리를 잡고 크며 또 자손을 번성시킨다. 뿌리 쪽을 하늘로 쳐들고 거꾸로 있으면 내부의 자양분이 사라질 때까지 몸부림을 치며 말라간다. 그때 되돌려 주면 다시 살 수 있는 끈질긴 생명력을 가진 선인장이다. 어릴 때는 손가락으로 잡아도 가시가 부드러워 아프지 않지만 크면서 점점 가시가 억세져서 집게를 사용해야 한다. 주먹만큼씩 크면 뿌리도 많다.

책상 위에 올려놓기 좋은 예쁜 화분에 선인장을 심어 동료들에게 나누어 주었다. 컴퓨터 옆에 두고 전자파를 차단해 보라고 했다. 변함없이 일 년 내내 똑같은 모양을 하고 있는 선인장에 싫증이 나고 전자파를 없앤다는 보장을 받지 못해 뒷전으로 밀리고 말았다. 교실 창가에서 먼지 뒤집어쓰고 말라가는 선인장을 맘 아프게 회수했다. 가치를 몰라보는 이에게는 친절도 부담이다. 변화무쌍한 현대 사회에서 함께 변화하기 힘든 내 모습처럼 애처로웠다. 어디 가나 가시와 13개의 골로 이루어진 주먹덩이 같은 선인장은 초록색 몸을 유지하며 잘 지내왔다.

괴산에 별장을 짓고 도시와 산골을 오가며 사는 지인이 있다. 그 집은 넓은 정원이 있는데 느티나무를 무려 50그루나 심었다고 한다. 내 선인장을 잘 돌보아 줄 것 같아서 신문지에 둘둘 말아서 비닐 가방에 넣어 가져다주었다. 선인장을 보더니 도시에서 오면서 꽃을 준다며 매우 좋아했다. 봄바람에 아직은 추우니 좀 더 따뜻해지면 선인장을 심겠다고 했다. 그리고 늦여름이 지날 무렵, 카톡으로 사진 한 장이 왔다. 보내준 선인장이 예쁜 꽃이 피어서 '고맙다'고 했다. 꽃 두 송이를 달고 있는 선인장은 당당하고 멋져 보인다. '꽃이 피는 선인장이었네…'

그동안 모아둔 선인장을 모두 사각 화분 큰 것에 가득 심고 아파트 입구에 있는 화분이 나와 있는 곳에 내어 놓았다. 햇빛을 무한대로 받고 밖에서 자연인으로 잘 자라 꽃을 피워보자고 작정했다. 둥그런 '우박' 거름을 묻어주고 비를 맞으며 잘 자라 꽃 피우기를 바란 소원은 며칠 후 흔적도 없이 사라졌다.

자유를 너무 많이 주었더니 욕심내는 이를 따라가 버린 선인장이다. 처음에는 몹시 서운하였다. 다시 가져다 놓으라고 아파트 전체 방송을 해도 바람 같은 메아리만 남았다. 찾을 길이 막막했다. 최후의 방법으로 CCTV를 보고 싶었으나 꾹 참았다. 마음에 가시가 뽑힌 것처럼 시원하기도 하고, 섭섭하기도 하는 것이 알쏭달쏭했다. 그러나 분명 서운하다. 누군가 필요한 곳에 가져가서 더 잘 키우겠지 하며 마음을 달래본다.

이제 정말 내가 꽃을 피워 보고 싶었다.

내가 꽃을 보기 위한 최선의 방법은 베란다에 있는 화분 진열대 맨 위에 높이 올려놓고 하늘의 햇빛을 온몸으로 골고루 받게 해주는 것이다. 남향의 창가는 햇볕으로 가득하고 따스한 자연이 골고루 분배되는 꽃자리가 되기를 바란다.

시간은 자꾸 지나갔다. 선인장의 번식은 끝이 없어서 잃어버린 선인장보다 더 불어나 큰 사각화분 가득하게 넘쳐나고 있다. 삼월, 봄바람이 세게 부는 날 자세히 살펴보니 검은 점 같은 것이 둥글게 달려있었다. 점점 부풀어 오르며 길게 10cm 정도가 되더니 상서로운 빛을 발하며 드디어 오늘 아침에 꽃이 피었다.

옅은 분홍빛이 감돌고 연약한 흰색이 스며들듯 겹으로 핀 꽃잎이 탐스럽기도 하다. 노랑 꽃술이 안쪽을 감싸며 지탱하는 힘이 되며

하얀 수술이 끝에 갈라진 가지를 흔들거린다. 안쪽은 신기한 진주
펄 빛을 발하며 꽃 전체가 무거워 보이지만 햇빛을 향하여 머리를
들고 있었다. 너무나 도도해 보인다.

햇빛의 힘으로 위를 향해 뻗쳐있는 모습은 마치 위대한 신의 손
으로 받들어 올려 보여서 더 신기하게 보인다. 보잘것없어 보이던 선
인장이 큰 선물을 안겨 주었다.

선인장 몸체보다 큰 꽃은 어울리지 않아 보인다. 나팔처럼 길고
가느다란 꽃받침이 무게가 나가 보여 곧 균형이 무너져 내릴 것 같
아 온종일 신경이 바짝 쓰인다.

오래 살다 보면 좋은 일만 계속되는 것도 아니다. 또한 어렵고 힘
든 일들도 몰려왔다가 지나간다. 29일 아침에 꽃을 보니 하루 동안
으로 영화로운 일이 꿈같이 지나갔다. 그냥 쉽게 갔다. 꽃은 피면
시든다는 원칙을 모르는 것도 아닌데 허전하게 꼬박 하루로 끝났
다. 벚꽃 잎이 바람에 흩날림이 풍장이라고 하던데 선인장의 꽃은
화려하게 피었다가 하루 만에 폭삭 주저앉았다. 마음을 다잡으며
'꽃은 내게 왔다. 이렇게 그냥 쉽게 갔다.' 다시 일상이 기다린다. 올
망졸망한 선인장을 돌보아 또 마음의 꽃을 가득 피우자. 어린 선인
장에게 자꾸 눈길이 간다. (2018년)

제5장

기나긴 여정

2024. 민ㅇ

기나긴 여정

진한 그리움을 찾아 떠난 여행

하룻날

언제나 출발은 하잘것없는 한마디 말에서부터 시작한다.

"겨울인데 어디 가볼까요?"

"문학기행도 가야 되는데 갈까요."

편히 타고 갈 차편이 정해지면 발에 바퀴를 달았으니 일사천리가 된다. 그리고 숙박을 제공받으면 어디로가 결정 난다. 모두 멀리 가기를 원하다 보니 문인의 고장 장흥이 눈앞으로 다가 섰다. 장흥에 화순과 벌교까지 곁가지가 붙으면서 풍요로워지고 맛과 즐거움이 스며들어 계획은 1박 2일이 되었다.

출발하는 청담성당에서 운전자와 안내자가 청담 수필반 문학기행을 무사히 마치도록 신부님의 축복 안수를 받았다. 청담성당 수필반은 매년 이렇게 문학 기행을 간다. 가까운 장소이면 봄, 가을 두 번도 가지만, 겨울방학을 맞아서 먼 곳으로 문학기행을 가니 기대가 많아진다.

4시간을 차로 달려 도착한 화순에서 영광굴비 정식으로 식사를 하고 벌교에 있는 '태백산맥문학관'을 찾았다. 조정래 작가는 청담성당 독서콘서트에 초청 강사로 와서 1시간 반 동안의 강의도 들었었다. 그때 줄 서서 『풀꽃도 꽃이다』 1권에 작가의 싸인을 받았던 기억이 떠오른다. 작가의 강의를 듣고 책을 읽으면서 작가와 만남을 이어가는데, 문학관을 와보니 또 다른 의미가 된다.

내가 소장한 『태백산맥』 10권과 『아리랑』 12권, 『정글만리』 3권을 통해서 작가와 새롭게 만나는 듯했는데 전시된 육필 원고 탑 앞에서는 저절로 고개가 숙여졌다. 원고 한 장 한 장에 심혈을 기울이고 긴 줄거리에 살을 붙여 맛깔스런 입담을 담아내는 작업이 소설 속에 가득 담겨 명작이 되어가는 과정을 보는 듯했다. 내가 글을 쓴다고 수필반에서 갈고 닦은 짧은 글은 작은 피라미 새끼 같았다. 아무리 장르가 다르다지만 글을 쓰는 것은 같은 느낌이라고 감히 견주어 보다가 소설 창작의 사전 준비와 인물, 사건, 배경을 연결하는 작가의 고뇌를 문학관 전시물에 가득 담아내는 것에 감동했다.

처음 『태백산맥』을 읽었을 때 충격적이었다. 소설은 '작가의 상상력에 바탕을 두고 허구적으로 이야기를 꾸며나간 산문체의 문학양

식'이라고 생각했다. 그런데 『태백산맥』은 내 짧은 배움에 물음표를
많이 달게 만든 작품이었다.

그래서인지 문학관에는 작가가 받은 고통스러운 일들이 차례대로
전시되었다. 내 물음표가 이제야 점점 옅어져 갔다. 『태백산맥』을
두 번째 완독하고 나서야 소설 속의 여수, 순천, 벌교, 장흥 고을들
이 정겨워졌다.

거기에 내 고향 장흥이 곁들여진다. 가지산의 유치 보림사를 찾았
을 때 절터와 주춧돌만 쓸쓸히 남아 있던 60년대 말의 모습이 떠
오른다. 대사찰이 6·25 때 빨치산의 본거지가 되고 마지막에 불을
놓아 전소되었기에 오랫동안 복원되지 못했다. 산으로 간 빨치산이
여수 순천에서 밀려서 가지산과 화순까지 흩어졌던 것이다. 11년간
계속된 이적성 논란을 보면서 작가가 『태백산맥』 소설을 쓰기 위한
준비기간이 4년을 넘기고 완성 후에도 끝없는 이념갈등이 소설처럼
펼쳐질 때의 모습을 전시된 신문기사를 담담하게 바라보았다. 글을
쓴다는 것은 끝없는 자기와의 싸움과 화해 같았다. 살아있는 작가
의 전시관은 유리 너머로 보이는 유물처럼 보여서 약간 혼미했으나
앞으로 더욱 발전하고 정진해서 노벨 문학상을 바라보는 추진위원
회까지 발족했다니 기대가 가득해진다.

너무나 먼 거리이고 월요일에 전시관은 휴관이라서 발걸음을 재
촉하여 내가 안내하는 절정의 장소가 될 장흥의 천관문학관으로

갔다. 이청준 작가의 고향이 장흥군 대덕면 회진리이다. 그래서 천관문학관도 대덕면에 위치한다. 잠시 바다가 보였다가 사라지는 남도의 구불거리는 길을 달리다 천관산 아래 천관문학관에 도착했다.

입구에서 시인들의 작품이 시화로 전시된 것을 바라보며 걷다가 넓은 전시실에 장흥군의 마을 모습을 사진으로 찍어 과거와 현재를 보여 주는 장흥 출신 마동욱 사진작가의 작품을 감상할 수 있었다. 그리고 계단을 따라 2층으로 올라가면 제2 전시실에 장흥군 출신 작가들의 사진과 함께 약력이 전시되어 있다. 소설분야에 모두 잘 아는 이청준, 한승원, 송기숙, 이승우, 이대흠, 위선한 등 여러 유명한 작가가 모두 장흥 출신이라고 한다.

분야별로 특별나게 활동 중인 작가들의 안내 전시물을 둘러보는데 시조 시인으로 '고두석' 아재가 나오고 내방가사 소고당 고 단 언니가 나와 있었다. 수필가에 관심을 갖고 살펴보니 수필가 중에는 엄현옥이 눈에 들어 왔다. 작품을 찾아보고 읍내 출신이라서 동창의 동생 같았다. 이래서 더욱 고향 장흥에 왔다는 사실을 실감했다. 다음은 내가 등단할 차례인가?

겨울 문학기행은 해가 빨리 진다는 사실과 서울에서는 너무 멀다는 단점을 보완 못하고 정남진 전망대로 향하였다. 도중에 만난 진귀한 삼산리 후박나무도 구경하면서 도착한 전망대는 남해 바닷바람이 거칠게 불어대는 높은 언덕 위에 자리하였다. 엘리베이터로 전망대까지 갔다. 탁 트인 바다가 하늘에 걸려 있다. 큰 배 작은 배들이 추워서 옹기종기 모여 겨울바람에 하얀 입김을 날리며 분주한 모습이다. 따끈한 차와 뜻을 같이 한 이들이 모여 있으니 더욱 정겹다. 엘리베이터 말고 계단으로 내려오면서 장흥군 출신 문인을 더 자세히 많이 만날 수 있었는데 하는 아쉬움이 남았다.

60년대 우리나라에서 최초로 대덕간척사업이 한창일 때 대통령이 서울에서 내려왔다 고을이 환영하는 인파로 출렁이고 학교 앞 흥업회관에 피란민이 모여 대덕간척사업을 펼친다고 했던 기억이 전망대에서 바라본 하늘 아래 펼쳐진다. 교과서에도 나오던 대덕간척사업은 황해도에서 피난 나온 김형오라는 사람을 중심으로 '흥업회'를 만들어 피난민 자급자족에 기여했다는 것이다.

너무 빠른 간척사업으로 역사유물과 값진 갯벌이 사라졌다. 하지만 피난민인 이방인도 잘 받아들이고 화합하여 농어업이 활발하게 발달한 장흥이 문인을 많이 나오게 했다는 생각이 든다. 그리고 한스러운 역사가 밀물과 썰물이 되어 삶의 이야기를 만들어 지금의 깨끗한 백사장 위에 펼쳐지게 하는 것이다.

겨울에 다니는 문학기행이 시간을 탓하지 않고 장흥삼합을 즐기면서 밤늦도록 술잔을 기울인다.

다음날

성당에서 미사 중에 주님의 기도를 봉헌하고 평화예식이 있다. 신부님이 "평화의 인사를 나누십시오" 하면 주변의 신자들과 "평화를 빕니다" 하고 인사를 나누는 시간이 되면 내 마음 속에는 항상 '평화리(내평, 외평, 새터)' 마을을 생각했다. '평화를 빕니다.' 이는 모든 사람들이 염원하는 '마음의 평화'를 뜻하는지 잘 안다. 내 고향 '평화리'는 그 뜻이 달라도 이름만으로도 내 마음에 평화를 안겨준다. 그리던 '평화리'에서 잠을 자고 새벽에 깨어났다. 공기가 달다. 창문을 활짝 열어도 숨을 들이마셔도 상쾌한 것은 '억불산' 줄기마다 가득한 숲에서 만든 산소가 내려와 깨끗한 아침공기이기 때문이다.

내평마을은 온통 하나의 정원이다. '송백정' 연못과 '무계선생' 가옥은 이끼를 머금고 고요한 시간이 정지되었다. 나무가 너무 우거져 사계절이 뚜렷하게 변화된 멋진 모습을 보여주던 마을이 이제는 관광지가 되어 민박도 있고 상가와 떡차(산에서 딴 찻잎과 약초를 발효한 차)를 만드는 전통찻집도 있다. 지나가는 누구든 얼굴을 보면 그 집안 식구들을 기억 속에서 불러내는 내게 시간 여행을 시켜준다. 대나무와 베롱나무에 어린 시절의 기억이 매달려서 영롱한 빛을 발한다. 문학기행에서 내게만 주어진 값진 선물이다.

한승원 작가의 집필지인 해산토굴로 갔다. 장흥군과 보성군의 경계가 되는 수문포 바닷가에 해산토굴이 있고 토굴 앞에는 강의할 수 있는 '문학학교'가 있다.

한승원 작품은 『아제아제 바라아제』, 『해산 가는 길』, 『불의 딸』, 『꽃을 꺾어 집으로 돌아오다』 등 소설과 수필집도 발간했다. 그리고 딸 한강은 『채식주의자』로 벤부커인터내셔널상을 받아 아버지를 능가하는 작가로 유명하다.

하지만 글을 쓰는 해산토굴은 작은 집이다. 토굴처럼 집안에서 글을 쓰는 모습을 상상해본다. 불교신자여서 작품 속에 불교적인 내용이 가득했고, 고향이 바닷가라서 소설의 배경에 바닷가 많이 등장하는 이유를 알겠다.

"손은 천사인데 발은 왜 당나귀일까요?"

화두를 건네고 토굴로 사라진 작가의 모습이 오래도록 남는다. 사랑초가 가득한 집 앞에서 바위에 새겨진 '나무'라는 글을 읽어본다. 무덤을 미리 만들어 곁에 항상 따라다니는 죽음을 염두에 두고 살아가는 삶이 남다르다. 한순간이라도 손과 같이 당나귀 같은 발도 천사가 되려고 무수히 고행을 이겨내려 몸과 마음을 수행하리라는 생각이 든다. 손과 발의 사용과 쓰임 그리고 견주어 내놓은 질문을 계속 곱씹어 본다. 손은 천사 같은 좋은 일하는 한마음이라면 발은 당나귀 같이 짐승스런 면을 보이기도 하는 동상이몽이다. 손과 발이 모두 천사가 되려면 불교에서처럼 수행과 고행을 많이 해야 한다.

천주교에서는 천사의 말을 할지라도 '사랑'이 없으면 아무 소용이 없다고 한다. 손과 발이 모두에게 사랑을 베풀고 용서를 하면서 신앙인다워져야 한다는 가르침으로 받아들인다.

글을 쓰다가 걷는다는 여다지(한승원 문학산책로) 수문포 바닷가는 열대 식물인 종려나무 가로수 길이 십 리에 이른다. 이국적인 가로수길 옆에 바다는 흰 파도를 보내며 20m마다 바위에 새겨진 작품은 바다에서 건져 올린 싱싱한 고기처럼 팔딱이고 있었다. 바닷바람을 맞으며 작가의 길을 걷는 우리 일행도 마음에 글 주제를 가득 주워 올리고 사진을 찍으며 산책을 한다.

들쑥날쑥 남해바다와 천관산, 제암산, 사자산, 억불산 아래 촌락을 이룬 정겨운 사람 사는 동네에서 문학은 살아 움직이고 그대로 소설이 되고 시가 된다. 그리고 이곳을 찾는 문인들의 발길이 또 다른 문학의 길을 만들어 갈 것이다.

서울로 돌아오는 먼 길에서 돌아보지 못한 문인의 자취를 다시 찾아가리라.

금의환향錦衣還鄉하듯이 고향으로 문학기행을 다녀왔다. 그래서 고향은 나에게 더욱 포근하고 진한 그리움이다. (2020년)

장벽과 철조망

"운동화를 신어 버스에서 내리면 안 됩니다."

"지금 선생님들이 방문하는 내용을 알기에 운동화를 신고 있는 모습을 촬영하여 선전용으로 사용될 수 있으니 차에서 내리지 마세요."

"여행이라서 이거 구두보다 더 비싼 운동화인데 그래도 안 되는 가요?" 판문점 가는 버스에서 안내하는 군인의 명령이다. 단호한 모습이 사정은 안 통했다.

남쪽바다 섬으로 이루어진 신안군에서 유치원 교사 연수로 판문점에 왔는데 딱 한 명이 운동화를 신었다고 그분을 차에서 내리지 못하게 했다. 판문점에서 미루나무를 가지치기하던 중 도끼 만행을 겪은 후 분위기가 살벌한 때의 방문이라서 더욱 그런다는 설명이 있었다. 결국 그 먼 곳까지 종일 멀미 날 정도로 달려갔는데 관광차

짐 속에 두고 온 구두를 아쉬워했다. 판문점 안내 버스에 앉아서 창밖을 마음 조이며 바라본 그때 그 선생님이 새삼 생각난다.

회담을 하는 장소에 들어가서도 설명하는 소리가 아득하게 느껴지고 책상 가운데 놓인 국기를 가지고도 서로 굵기를 다르게 살짝 높게 보이도록 하며 기 싸움을 한다는 이야기에 웃을 수 없었다. 움직이지 않던 북한 병사가 설명하는 것을 들으며 무표정하다. 모습은 우리와 너무나 똑 닮았다. 긴장된 내 눈에 보였던 휴전선의 모습이다. 미루나무사건 후에 베어 낸 나무 밑동 나이테만 보이는 곳에서는 우리 구역인데도 버스에서 내리지 않고 창밖으로 보게 해주었다. 막힌 장벽 앞의 절박한 단절이다. 전쟁은 끝났지만 참혹한 결과만 남았다. 그 현장을 1984년도에 다녀왔다.

배로 여행하던 금강산 관광길이 육로로 바뀌면서 더욱 활성화되었을 때 금강산 관광을 갔다. 국경을 넘어 간다는 것을 못 느끼며 사전 교육을 철저히 받고 관광버스를 탔다. 휴전선을 쉽게 넘어갔다. 같은 간격으로 총을 들고 서 있는 북한병사들이 보여서야 실감이 났다. 2박 3일 동안 상상으로 그리던 금강산의 만물상도 보고 금강초롱도 만나는 산길을 걸으며 '산정무한'을 연상했다. 힘든 산행도 금강산이라서 마다하지 않고 올라갔다. 북한의 안내원이 하는 사투리와 우리 측 안내원의 말이 같아서 구별하기 힘들면서도 밝은 표정의 그들에게 한 민족임을 새삼 느꼈다. 흥이 많아서 노래도 잘

하고 친밀한 내면은 사상으로도 어쩔 수 없는 것을 알았다. 해금강에서 먹은 수삼 한 접시와 해삼은 무공해라 더 맛있었다. 어찌 그리 작은 지 사과 한 알을 사 먹어도 손 안에 꼭 쥐어져 농산물 수확을 예측해봤다. 목을 축이는 단물 한 병도 설탕물 같지만 따져볼 수 없었다. 안 되며 못하는 제약이 많은 여행이지만 이동 중에 보이는 시멘트색 자체인 건물이 말하는 궁핍은 감출 수 없었다. 초라한 옷차림으로 아이들이 물놀이하는 모습과 트럭을 타고 가는 어른들의 고단해 보이는 실생활이 마음에 깊게 남았다. 큰 바위에 붉은 글씨로 써진 체제 선전 글귀는 뒷걸음질치게 하는 위력이 있었다. 돌아오는데 강원도 고성을 지나 들녘의 황금 곡식을 바라보며 풍요와 자유가 너무 좋아 긴 안도의 한숨이 저절로 나왔다. 2002년에 이렇게 휴전선을 넘어가고 넘어왔다. 막다른 장벽을 치는 사상은 가시가 돋아 철조망이 되었다.

　그래서 내가 독일 여행에서 가장 가보고 싶은 곳은 역사의 현장인 베를린이다. 2차 세계대전 후 베를린과 6·25 전쟁을 겪은 수도 서울이 비교되기 때문이다. 전시된 장벽 모습을 실제로 보니 '인간이 만든 것 중에서 가장 무서운 것이 전쟁이다'는 생각이 든다. 장벽은 상상보다 얇고 높지 않았다. 콘크리트 벽은 수많은 사연이 깃들 듯 쇠못이 아래로 길게 박혀있다. 점점 악랄한 모습으로 변해서 죽음의 장벽이 되고, 통곡을 부르고, 한이 맺혀, 철의 장벽이 되어

가는 역사를 한눈에 볼 수 있게 전시되어 있었다. 지금은 장벽 조각을 포장하여 관광 상품으로 판매한다. 이념의 갈등으로 대치했던 치열한 모습은 사라졌다. 유난히 햇빛에 반짝이는 장벽모습에서 자유와 평화를 찾는 사람들의 행렬을 상상해본다. 체크포인트 찰리는 그때의 국경 검문소와 감시탑은 역사 속으로 사라졌다. 근처에 관광객을 위한 길거리 사진 전시가 그때의 현장감을 더 한다. 큰 도로 한복판에 자리한 검문소에 병사 사진이 감시 대신 웃으면서 인증 샷을 기다린다. 이웃에 박물관과 실제 장벽이 곳곳에 슈프레 강변을 따라 잘 보존되어 있다.

세계 유일의 분단국가의 국민인 나는 예사롭지 않아 더 관심을 갖고 바라봤다.

포츠담 회담과 선언하는 사진 앞에서는 발걸음을 멈추고 1945년 이후의 우리 상황을 떠올리며 마음까지 무거워졌다. 아직도 현재 진행 중이다. 이 분단의 아픔이 안전모를 쓰고 파주 DMZ 제3땅굴에 갔을 때처럼 긴 터널의 끝이 보이지 않아서 막막했다. 파주의 오두산과 고성 통일전망대에서 바라본 비무장지대 넘어 북녘에 기원했던 '민족의 화해와 일치를 위한 기도문'을 외워 본다.

아르바이트하러 온 현지 여자가이드가 한국 사람이다. 국회의사당에 해당되는 건물 맨 위의 돔이 유리로 되어 투명한 의회를 상징

한다는 설명을 할 때 가이드의 눈이 반짝거리는 모습을 봤다. 나도 유리 돔과 투명한 사회구성을 한국에 수입하고 싶었다. 특히 가이드가 체크포인트 찰리를 설명할 때는 우리에게 꼭 보여 주고 싶고 설명이 필요한 곳에는 자세히 안내하며 질문도 받아 무엇인가 얻어 가기를 바라는 모습을 보였다. 가이드는 식사를 함께 하면서 우리들이 음식을 많이 남기는 것에 서운해하고 몹시 안타까워했다. 살짝 주름진 얼굴에 타향의 고단한 모습을 볼 수 있었다. 후식으로 나오는 달달한 아이스크림과 절인 베리를 맛보라고 적극 권유했다. 검소하게 살아가는 독일인들 속에서 15년간 몸에 밴 절약정신이 가득하다.

1989년 11월 9일에 베를린 장벽이 무너지고 2000년 10월 3일 독일이 통일을 이루었지만 지금도 경제와 정치, 문화적으로 함께 발맞추기는 계속 진행 중이라고 한다.

우리도 온 국민의 소원인 통일을 이루는 날을 맞이할 것이다. 베를린에 전시된 장벽 앞에서 괜스레 숙연해진다. 우리도 발맞추어 통일! 통일! 관광객 모두 '대한민국 통일!' 마음을 모아 큰 함성으로 외쳐본다. '분단의 깊은 상처를 낫게 하시고 서로 용서하는 화해의 은총을 내려주소서.'

나는 들리지 않게 기도를 하며 잠시 생각에 잠겼다. (2019년)

임청각

나의 근원과 뿌리는 무엇인가?

도도히 흘러 내려온 핏줄은 시작점이 누구이며 끝은 어떻게 될 것인가.

하느님으로부터 와서 뜻을 따라 살겠다고 신앙에 귀의하여 지내 왔는데도 빈구석 자리를 잡은 이 모순의 형태는 무슨 의미를 간직하는 것인가 하면서 내심 그토록 손자를 원하고 결국 얻고서 큰 과제를 해결한 듯 편안해지는 마음은 무엇인가 이제 '뜻대로 하소서' 기도가 '주셔서 감사합니다'가 되는 한 해이다.

"여덟 번째 가족여행을 안동으로 계획했어요." 친정 동생의 카톡에 "금년만 참석 못 한다"라고 했는데 안동에 누님에게 꼭 보여 주고 싶고, 봐야 할 그 무엇이 있다는 것이다. 특히 친정아버지는 "아버지가 올해 구십이다. 이번 여행은 특별한 의미가 있으니 꼭 참석

해라.”

거역할 수 없는 명령 같았다.

무더위를 피해서 시원한 곳으로 여행을 떠나는 계절에 궁금증을 높이면서 짐을 챙겼다. ‘안동’을 찾아보니 ‘하회마을’이 있고, ‘병산서원’ ‘도산서원’이 가까이 있었다. 결국은 무더위에 ‘안동 하회마을 가는구나’였다.

지하철 ‘분당선’을 타고 ‘기흥역’에 내려서 막내 동생과 합류하여 안동에 갔다. 구름에 리조트는 전통 한옥이다. 대청마루가 중앙에 있는 미음자 한옥 독채에 방 4개를 빌려 3일을 숙박한다. 우리는 모두 마음에 고이 간직한 고향집을 꺼내어 이야기로 펼쳐 놓았다. 계남고택 대문에서부터 “이리 오너라.” “게 아무도 없느냐?”라고 목청을 높였다.

아버지는 준비해온 복사본 종이 뭉치를 꺼내 놓으며 ‘임청각’을 가자고 했다. 생소한 여행지였다. 차 안에서 자료를 나누어주면서 ‘임청각’에 가는 이유를 설명했다.

임진왜란이 나기 1년 전 부산부사로 재임한 고경명은 큰아들 고종후의 처가인 ‘임청각’에 갔다. 사돈의 회갑연에 참석하여 축하 시를 지어 ‘군자정’에 걸어 두었다. 내용은 뒷산의 영남산과 집 앞으로 흐르는 낙동강을 바라보며 자연을 노래한 내용이다. 99칸의 넓은 저택에서 회갑을 맞은 사돈에게 문인이었던 고경명에게는 글 한수 지어 올리는 것이 예의였으리라 생각된다. 지금 원본은 박물관에 가고 복사본이 걸린 '군자정'에 올랐다. 우리의 방문 이유를 알고는 사돈댁에서 왔으니 반갑다며 개방이 안 되는 안채를 열어 보여주었다. 그리고 큰딸의 시가에 대한 예의를 다 하려는 듯 생활했을 곳에 방문을 열어 보여주며 설명을 계속했다.

고경명은 임진왜란에 의병장으로 아들 셋을 데리고 금산 전투에 참여했다.

금산 전투에서 고경명과 둘째 아들 인후가 전사하자 큰아들은 의병을 이끌고 진주성으로 가면서 셋째동생에게 가족을 데리고 '임청각'으로 가서 피신하라고 했단다. '임청각'에서 지내다 전쟁이 끝나고 둘째아들의 가솔들은 담양 창평으로 와서 터를 잡아 살았다. 지금의 우리가 14대 손이 된다고 한다.

그때도 영호남이 혼인을 할 수 있었다. 교통발달이 안 되고 거리가 너무 멀어서 상상해 보면서도 신기했다. 한양의 과거시험장에서 만나 영호남이 하나 된 선조들의 고귀한 인연이다.

친정아버지는 우리에게 꼭 보여 주고 싶었다.
성경에서 조상의 내역을 상세히 써내려 안내된 것처럼 족보를 책으로 바라보며 묻히는 것이 아닌 실감나는 현실로 이끌어 꺼내 보여주고 싶었을 것이다. 어른들의 생각과 생활이 우리에게 전수되어, 훗날 또 다음세대에 전해지기를 바란다. 아버지처럼 가족을 이끌고 조상들의 자취를 찾아 시간여행을 하라는 무언의 가르침이다.

남쪽 바다 건너 섬나라는 육지가 부러워서 우리의 역사를 얼룩지게 한 일이 여러 번이다. 임진왜란의 치열한 전쟁 속에서 피난으로 '임청각'에 와서 지내는 모습이 파노라마처럼 지나간다. 그리고 또 일제시대의 비극이 몰려오고 '임청각'은 매각되었다. 석주 이상룡은 집을 매각하고 사당의 위패를 땅에 묻고 만주로 가서 독립운동을 한다. 독립 운동가들이 나온 집이라 집을 부수어 기를 없앤다고 중앙선 철도가 마당가에 놓인다. 해방된 지 수십 년이 지난 지금도 기차는 1m거리에서 소리를 내지르며 지나간다. 잘못된 질긴 뿌리가 끝이 없다. 조국에 돌아온 자손은 일제의 끈질긴 고문과 협박에 견디지 못하고 1942년 자결을 했다니 나라 잃은 설움이 안타까울 뿐이다.

허름해진 고택에서 지나온 삶의 세월이 도도히 흐르는 강물처럼 밀려온다.
500년 된 고택을 둘러보면서 마음에 남아있는 향수를 불러오고 상상의 나래를 펼쳐본다. 덮개를 열고 들여다본 우물의 용천수가 맑은 얼굴로 구름과 하늘을 비추고 내 모습이 흑백 사진처럼 투영된다. 정승이 태어난다는 '우물방' 앞에서 파란만장한 역사가 흘러가지 못하고 뭉실 떠 있는 구름 같다. 텅 빈 사당에서 망국의 한이 서린 울음이 지금도 억새 바람소리처럼 들려온다.

어찌 이리 세월을 건너뛰지 못하고 마당가에 기적 소리는 여전할까?

버리고 새로워져야 할 모든 것이 세월을 덮은 검은 기왓장에 머물러서 알아줄 선인을 오늘도 하염없이 기다린다.

'임청각'은 시간이 정지되어 멀리 있는 나를 이렇게 불러들였던 것이다.

손자를 데리고 먼 훗날 여행객이 되어 '임청각'의 애국심이 이어지도록 내 작은 소명을 다해야겠다. 가느다란 실핏줄이 심장을 향하여 팔딱이며 살아나듯이.

우리 일행은 경상북도 독립운동 박물관까지 방문하면서 가족 역사여행을 마무리했다. 마음의 울분이 감동으로 순화되는 기도가 바람처럼 기와지붕 사이로 넘나든다. (2018년)

신앙의 날개

내게 신앙은 별다른 뜻을 두고 찾아든 것은 아니다.

물 흐르듯 스며들었다. 작은 실핏줄이 모여서 동맥을 이루면서 중심점을 찾아 심장에 도달하듯 운명처럼 서서히 자리를 잡았다. 풀어내야 할 숙제를 가득 안은 삶의 여정에서 하느님의 뜻을 받아들이는 것은 가장 잘한 일이다.

학교 다닐 때는 반 친구 중에 목사님 딸이 2명이나 있었다. 특히 단짝이었으니 교회 문턱을 스스럼없이 넘나들면서 교회에서 놀기도 많이 했다. 그런데도 예배 참여를 강요받지 않아 자연스럽게 함께한 시간을 보냈다. 같은 읍내이면서도 변두리로 2km 떨어진 산 밑 마을에 살아서 교회에 다니기는 너무 먼 거리로 찬송가의 풍금 소리처럼 아득한 동경의 세상이었다.

아련한 기억이 마을에 가끔 오는 특별한 모습의 검은 옷을 입은 수녀와 이국적인 신부님이 마을 가운데 있는 큰댁을 방문해서 호기심 어린 마음을 간직하기는 했다. 어른들은 전도관이나 제7일 안식일 교회에서 마을에 와서 아이들에게 노래도 가르쳐주고 전도도 하며 사탕을 나누어 주는 것을 고까워 하면서도 신부님과 수녀님에게는 깍듯이 인사하고 존경을 보내는 것이 신기할 뿐이었다.

60년대 말에 가장인 아버지가 건강을 잃었다.

세상을 살아가면서 예상 못한 고난이 한꺼번에 다가오기도 한다.

남쪽지방에 2년 동안 혹독한 가뭄이 와서 낮에는 직장에서 일하고 밤에는 일꾼들하고 논에 딸린 둠벙에서 두 사람이 끈을 잡고 퍼내는 두레박질로 물을 퍼 올려서 겨우 벼농사를 지을 수 있었다. 두레박으로 퍼 올린 물은 모래 논에 낮 동안에 마르고 밤에 겨우 목을 축이며 수확은 반타작이었다. 그래도 2년을 버티다 아버지는 오른쪽 겨드랑이에 이상이 온 늑막염에 걸렸었다.

할머니는 곳간에서 쌀을 퍼서 자루에 준비하고 용하다는 점집을 찾아 가보겠다고 준비했다. 불운이 겹치면 신앙처럼 의지하는 흔히 말하는 미신이라고 치부하는 오랫동안 뿌리 내린 기댐이었다.

아버지는 몸이 아픈데 그 쌀로 수술 받고 보양식을 해주어 병을 좋아지게 해주라고 쌀자루를 잡고 통 사정을 했다. 아들의 강력한 애원에 할머니는 주저앉아 점집을 가지 않았다. 그날부터 수술한 아버지의 병 수발을 하고, 쉽게 구하는 닭에 마른 지네를 넣어 삶아서 먹게 하여 보양을 하였다.

　시골 병원에서 수술을 어렵게 한 아버지는 오른쪽 갈비뼈를 2개 떼어내어 한쪽이 기운 몸으로 호스가 달린 고름을 받아 내는 병을 차고 사투를 벌여서 겨우 완쾌되었다.

　그 후로 우리 집은 생일에 와서 빌어주고 곡식을 받아가던 당골네의 발걸음도 뜸해지고 점집과 굿을 하는 것은 저절로 사라져갔다. 그러나 특별한 다른 신앙이나 믿음이 있는 것도 아니다.

　새벽에 첫 우물물을 떠서 부뚜막 위에 놓아두고 가족들에게 건강 복을 내려 주라고 빌고 또 빌었다. 그런 기복의 작은 믿음이 기도로 승화되어 누군가의 커다란 힘이 있는 창조주를 향한 무한한 기댐으로 시작되었다.

　특별한 신앙을 갖고 내려온 가정사도 없이 그냥 암흑의 시기가 흐른 후에 조금씩 아주 조그마한 씨앗처럼 하느님의 섭리가 내게 다가왔다.

　89년에 시이모님의 권유로 월산동 성당에서 교리공부를 하고 세례를 받았다. 그 후에 남편이 B형간염으로 고생하던 해에 광주 임동 주교좌성당에서 성령세미나를 한 아일렌 죠지 여사의 치유은사를 받아서 세례를 받았다.

　모든 일은 하느님의 뜻에 따른다고 하는데 우리네 삶은 어두운

밤길을 걷듯이 앞날을 모르고 헤매는 것이다. 가느다란 희망을 부여잡는 것이다.

친정 부모님도 세례를 받고 마지막에는 할머니도 대세를 받아 '마리아' 세례명을 받았다. 할머니는 28세에 사별한 할아버지와 담양 천주교 묘지에 나란히 계신다.

신앙의 날개를 단 나는 수필반 동아리에서 글을 쓰면서 더욱 마음을 다져 신앙의 중심을 향하여 매진해간다. 신앙이 살아가는 방법이 되고 삶의 목적이 되는 지에 물음을 가득 안고 한 걸음씩 하느님 나라의 사다리를 오른다. 내 온 정성을 다하여 기도의 힘을 믿고 신앙의 날개를 펼쳐 본다. (2019년)

축복을 나누어 드립니다

내게 미사의 완성은 거룩한 성체를 모시는 시간이다. 하얀 미사보를 머리에 얹은 사람들의 행렬이 순례자처럼 보이고 이들이 제대를 향해 이동하다가 사제 앞으로 다가가면 더욱 경건한 모습이 된다. 성체를 받으며 "아멘" 하고 나면 성체는 사람의 온몸으로 스며들고 이미 각자는 성전이 되어 충만한 은혜로 가득해진다. 저마다 작은 성당을 자기 안에 만드는 시간이다.

5살 손녀를 성당의 금요음악회에 데리고 왔다. 밤이라서 걱정을 했는데도 아이 나름의 감각으로 콘트라베이스의 저음을 받아들인다. 피아노의 경쾌한 가락에는 손과 몸을 움직이고 춤을 추며 즐거워했다.

"신부님 있는 저 앞에 나가서 두 손을 가슴에 포개어 축복을 청하면 머리에 축복을 주신다."

"축복이 무엇인가요?"

"축복은 하느님의 좋은 기운을 전해주는 복이란다."

"신부님이 준 축복을 나도 나누어 주어야지."

아이는 외가와 친가, 제 친구들까지 알고 있는 이름을 부르며 제 손으로 축복을 나누어주는 시늉을 하며 즐거워했다. 손녀 눈 속에 가득한 행복이 하느님 사랑으로 피어난다.

그런데 지난 일요일 미사 때 축복을 한없이 많이 나누어 주는 모습이 보였다. 예비신자들이 안내를 받으며 지정 자리에 앉아서 미사에 참여하고 성체 모실 성찬예식 때 손을 가슴에 포개고 신부님을 향하며 앞으로 걸어가는 것이다. 어찌나 모습이 해맑고 경건한지 초심을 읽을 수 있었다. 신부님 앞에 머리를 숙여 축복을 받을 때는 가슴이 떨려서 감사의 눈물이 그렁거린다.

하느님께 귀의하는 인간의 순수한 모습이기에 하느님의 뜻대로 하소서 하는 겸손의 자세로 비친다. 축복을 주는 신부님도 하느님 사랑을 듬뿍 담아낸다. 주일 미사가 이토록 아름답게 마음에 와 닿을 줄이야.

부디 새 신자의 초심을 마음에 새겨서 하느님의 사랑 속에 머무는 자녀가 되길 기도한다. 미사에서 나누어주는 축복이 모두에게 사랑이 되었다.

새 신자들의 얼굴 표정이 거룩하게 변모해간다. 자리에 돌아 와

앉아있는 모습이 조금 넉넉해진다. 퇴장 성가를 부를 때도 자신감이 넘치며 하늘을 향하여 '찬미 예수님!'을 환호한다. 이번에 신청한 예비자 교리반에는 귀한 젊은이가 많아서 감사함도 크다.

새 신자 교육에 구역장이나 반장과 함께하는 시간이 있어서 공동체생활에 어울리는 기회를 제공한다. 친밀감이 들도록 자연스럽게 안내한다. 새 신자에 대해 사랑하고 배려하는 모습이 보기 좋아 주일이 더욱 행복하다. 하느님과 만남이 시작된 이 날이 얼마나 큰 기쁨이 될 지 나중에 알 것이다. (2017. 8. 6 서울주보)

미리 받은 수료증

창세기반 성서공부를 신청했다.

꽃샘바람이 옷깃을 여미게 하는 춘삼월에 매주 월요일 오전 10시 성당 지하 평화방에서 성경을 읽기 전에 드리는 기도로 시작되었다. 커피향 만큼 달콤 쌉쌀한 봉사자님의 지도였다. 천지를 창조하신 하느님의 오묘한 진리가 혼돈 상태에 있는 마음을 흔들어 일깨워 주었다. '세상과 인간을 창조하신 하느님'과 '남녀의 창조와 에덴동산'에서는 긴 시간과 정성을 들여 배움과 묵상을 진지하게 했다. 현대의 과학적 잣대가 박힌 내 두뇌로 믿음이 방해되는 안개를 걷어 내는 부분이었다. 창세기 해설서의 두꺼움도 밑줄 짝—악 하면서 읽고 또 읽었다. '그래서 성경공부 하는구나!' 했다.

창세기반 성지 순례로 요당리 성당을 찾았다. 초여름의 신록은 하느님의 궁전으로 만들었다. 무슨 영문인지 미사 참석 동안 감동이 밀려와 훌쩍이게 하였다. 7월에는 당고개 성지에서 가족의 아픔을 신앙으로 이겨냄을 알았다. 꽃향기로 승화시킨 이성례 마리아의 자식 사랑이 끝없이 마음을 흔들었다. 어머니의 큰사랑을 신앙 안에서 보았다. 창세기 반은 여기서 방학했다.

창세기 후반부는 인간사를 다룬 이야기다. '노아'와 성조 '아브라함', '이사악'과 '야곱', '요셉'을 알아 가면서 인간의 얄팍한 속성과 믿음 앞에 끝없이 베푸시는 하느님의 사랑을 배웠다.

계약을 세우며 땅(끝없는 사랑)과 자손을 주시는데 우리는 깨닫지 못하고 기회도 잃어가며 만연한 악의 어둠 속에서 무엇이 참인지 거짓인지도 분간 못하고 있음에 마음이 먹먹하다.

10월 10-11일 흑석동성당 연수원에서 창세기반 마무리 연수에 참석했다.

신부님의 창세기에 대한 내용정리와 실생활에서 경험의 절묘한 사례는 은총의 말씀으로 이어졌다. 하느님의 모상, 이미지로 창조된 인간이 인격적인 공동체로 가정 안에서부터 하느님 나라를 이루어야 한다. 주변의 자연은 하느님의 대리자로 보존하고 보살펴야 함을 깨달았다. 남이 알까 봐 죄책감과 수치심에 전전긍긍하는 우리의 모습에 세태 반영이 된다. 성경책 속에서 말씀이 나와 하느님의 섭리가 현재 진행형임을 알아간다.

수료증을 받았다. 마침이 아니라 이제 처음처럼 다시 채워간다.

탈출기반으로 다시 시작이다. 묵상 시간에, 당나귀 귀를 지닌 왕의 이야기처럼 속 시원하게 털어내는 푸르고 넓은 대나무 밭이 되어 준 반원들, 계속 쑥덕거리며 기도하고 은총 가득한 하느님을 마음에 모셔갑시다. 매일 미사 요점을 카톡으로 전해 주고, 향기롭게 마음을 열어 봉사한 봉사자님 감사합니다. 말씀으로 가득 채워질 미리 받은 수료증을 어루만지며 '보시니 참 좋았다' 하실 하느님의 음성을 들으려고 마음을 모아본다.

"하느님 늘 감사합니다." (2017. 7. 2 서울주보)

영화 '파일럿'

영화관에서 영화를 보는 것은 마음을 설레게 한다.

웅장한 음악이 흐르고 실물 크기의 화면 속에 내 자신이 빨려 들어가 희로애락을 즐기며 멋진 주인공이 된다. 공감을 앞세워 한참을 웃다보면 찔끔 눈물이 한 방울 흐르고 마음이 애잔해진다. 누구나 가장의 무게와 가족의 버팀목을 가슴에 품고 살아 내는 인생길이다. 그래서 함부로 헛소리 못하고 꾹꾹 참는 직장 생활의 애환이 마음 속에서 환호한다. 멋진 꿈을 품고서 현실에 안주하는 삶을 끝없이 살아냈다.

주인공 한정우(조정석 분)는 잘 나가는 스타 파일럿이다.

유명 항공사의 유능한 기장으로 유 퀴즈 프로에 나올 정도의 유명세를 타는 스타다. 품위 있고 멋진 아내와 사랑스러운 아들이 있는 가정의 가장이기도 하다.

직장의 술자리에서 호기를 부리다 그만 직장을 잃은 막막한 실직자가 된다.

잘나갈 때 돌보지 않은 직장의 후배는 계속 악연이 된다. 블랙리스트에 올린 정우는 구직의 길이 좁은 골목길이다. 오로지 할 수 있는 일이 비행기 운전인데 새로운 직업을 생각 못한 그에게 상황은 점점 나락이다. 실직으로 괴팍해진 남편을 견디어 내지 못한 아내는 이혼까지 가고 아들이 꿈을 대신해서 멋진 비행기 조종사가 되면 좋은데 어긋난다. 한번 삐끗하면 모든 상황이 무너져 내려서 최악을 달리고, 꼭 하고 싶은 조정사의 꿈을 버리지도 못한다. 특별히 솔깃한 제안은 여동생 이름으로 여장을 하고 항공사 면접에 합격하여 부기장으로 근무한다. 살벌한 여자 부기장의 삶이 펼쳐진다.

사회는 세월의 바람에 부대끼며 흘러서 지금의 새로운 변모를 보여준다.

가정의 새로운 형태변화가 크게 다가온다. 어머니는 팔순이 되어 좋아하는 것을 찾아 트로트 가수의 열성 팬으로 덕질을 하는 모습이다. 지고지순한 어머니상은 찾기 힘든다. 여기에 돈을 벌기 위해 자신을 내어놓아 소진해 가는 아들로, 남편으로, 아버지 역할을 하는 가장의 모습이 눈물겹다.

나도 한참을 가장으로 직장의 최일선에 섰던 경험 때문인지 무척 공감이 가는 대목이다. 억지라고 해도 어쩔 방법이 없는 막다른 세상살이가 한발 내려놓아야 하는데 찬스를 찾지 못한다. 그리고 최고의 결정타가 온다. 비행기 사고로 기장이 못하는 조정 간을 잡고 비행기 안의 승객을 모두 무사히 살리고 다시 승승장구한다.

월수입이 있는 곳에 가정의 평화가 있다.

경제적 자립이 가장 큰 인격적 독립이라고, 인간답게 사는 자유를 누리는 것이다.

시장에서 먹을거리를 묵직하게 구입해서 배부르고 몸이 편히 쉴 집이면 된다.

식구들에게 여유로운 환경을 제공하는 가장이 있는 가정이 행복을 누리는 것이다.

주인공은 모든 것이 풍족하고 지위가 높이 올라 갈수록 자신의 과거와 현재의 모습에 가책을 수도 없이 느끼며 견디고 또 참으며 현재의 오늘을 유지하려고 한다.

하지만 절정에는 양심선언을 하고 현실의 자기로부터 자유로워진다. 무거운 짐을 내려놓고 달린다. 한 겹 한 겹 허울로 둘러싸인 자신을 버리고 참 내 모습을 향하여 달린다. 나도 홀가분하게 주인공을 따라서 달린다.

사회 관계망은 부조리와 허상에 사로잡혀 더 높은 지위와 명예와 돈이 똘똘 뭉쳐서 작은 날갯짓에도 걸려들게 하고 촘촘히 조여 온다. 거미줄에 걸린 작은 곤충처럼 옴짝달싹 못하게 휘감는다. 과감하게 탈피하려고 해도 막다른 골목이 되면 가장은 최후의 수단을 동원하기도 한다. 거기까지 내몰리자 주인공은 언제인가 헛소리처럼 들먹인 태평양 섬에서 경비행기를 정비하며 조종석에 앉아 하늘을 날아본다.

　얼굴은 평화로워 보인다. 최고의 자리를 향하여 도전했던 열정은 세파에 시달린다. 남의 뜻대로 또는 남의 한마디 말로 인해서 망가지기도 하고 흠집이 생기기도 한다.

　운명처럼 받아들이기도 미친 척 헤매는 세상살이가 정우와 관객에게 만만한 것은 아니다. 그래도 줄곧 웃으며 넘겨본 다른 사람의 사연 속에서 내 것을 찾아본다.

　진실은 항상 살아 있어서 살아갈 만한 세상이라고 하며 상영관 영상 속에 묻어 둔다.

　'파일럿' 영화는 웃음 속에 자아를 찾아 헤매는 애잔한 진실이 숨어있었다.

　(2024년)